Lageplan

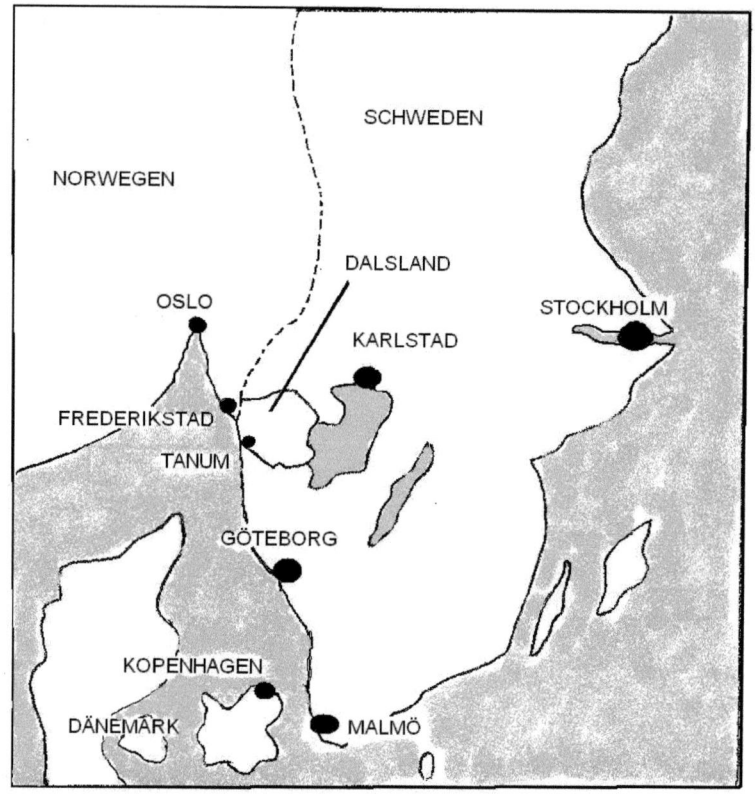

Eriks Begegnungen

Die Seelenverwandtschaft

von

Günter Thumm

Roman

Bibliografische Information der Deutschen Nationalbibliothek:

Die Deutsche Nationalbibliothek verzeichnet diese Publikation
in der Deutschen Nationalbibliografie; detaillierte bibliografische
Daten sind im Internet über http://dnb.dnb.de abrufbar.

3. Auflage 2018
2. Auflage 2017
1. Auflage 2015

Herstellung und Verlag:
BoD - Books on Demand GmbH, 22848 Norderstedt

ISBN: 9-783734-768248

Für meine Freunde ...
und zum Gedenken an Traudel und Ulla

Einige Gedanken zu der Erzählung ...

Hierbei geht es in erste Linie um folgende Aspekte:

Die mit dem Älterwerden zunehmenden unterschiedlichen Ansichten und Bedürfnisse zwischen »ALT und JUNG« machen es manchmal schwer, noch gemeinsame Interessen zu finden. So kann eine emotionale Spannung oder auch Enttäuschungen entstehen, wenn die »Beziehungskluft« zwischen den Generationen zu groß ist, und...

wenn das Aufeinanderzugehen fehlt,
wenn aneinander vorbeigeredet wird,
wenn dem anderen nicht zugehört wird,
wenn das gegenseitige Wahrnehmen nicht da ist,
wenn das Wertschätzen verloren gegangen ist, u.v.m.

Die Geschichte versucht mit Hilfe einer tiefen inneren Vorstellung – einer Vision – in dem Gegenüber etwas Besonderes zu sehen und das Interesse an der anderen Person zu wecken.

Ich nannte es ›Seelenverwandtschaft‹.

Günter Thumm
Im Februar 2015

Vorwort

Es war ihm durchaus bewusst, mindestens 80% seines Lebens hatte Erik hinter sich, um dies so nüchtern in Prozentzahlen auszudrücken. Er, über siebzig, Rentner und Witwer, hatte sich an seine Verhältnisse angepasst. Sein Umfeld, seine Tochter, der Enkel, die Nachbarn – alles bestens, wie man so schön sagt. In seinem Reihenhaus wohnt er alleine, ... nein, ... *alleine* ist er nicht, den Kontakt zur Familie, zu Freunden, die ehrenamtlichen Tätigkeiten strukturierten seinen Tag.

Vielleicht fühlte er sich manchmal etwas einsam.

Dann trifft er Julia, eine Studentin der Filmakademie. Er ist begeistert von ihrer Erscheinung, von ihrer Fröhlichkeit und ihrer Frische. Ein Geben und Nehmen zwischen ihnen entsteht. Sie lässt ihn teilhaben an ihrem jungen Leben, reißt ihn aus seinen Tagträumen heraus und er, als der väterliche Freund, der Erfahrene, der – der zuhören kann und von ihr die größte Wertschätzung erfährt. ...

1

In dem kleinen Café in der Fußgängerzone war er öfters anzutreffen. Er liebte es unter Leuten zu sein, trank seine Tasse Kaffee schwarz und süß. Die Zeitung hielt er kurz gesenkt und seine Augen kreisten durch den Raum. Junge Leute, Studenten von der nahen Filmakademie, verliebte Pärchen, die sich gegenübersaßen, ältere Menschen wie er suchten hier Zerstreuung und ein geeignetes Refugium, um ihren Alltag kurz zu vergessen. Er schaute in die Runde und dachte, dass bestimmt jeder so seine Geschichte hat. Was steckt hinter den Gesichtern? In ihren Köpfen? Freude oder Leid? – Es war nicht auszumachen. Auch er hatte seine Geschichte, seine Bedürfnisse, seine Wünsche – nur wer wollte dies schon wissen.

Das Bistro, fast auf den letzten Platz gefüllt, war so ein Reservoir gehüteter, nicht ausgesprochener Geheimnisse und Wünsche. Wer gesehen werden wollte und darauf Wert legte, war hier. Er selbst suchte nur etwas Entspannung, trank Kaffee, las seine Zeitung.

Wieder in das Journal vertieft, merkte er zuerst nicht, dass eine junge Frau an seinen Tisch trat und nach dem noch freien Platz fragte.

»Ist der Platz noch frei?«, kam als Frage.

Er bestätigte die Frage mit ja, ohne aufzuschauen. Nach einiger Zeit legte er die Zeitung weg, um bei der Bedienung einen Kaffee nachzubestellen. Sein Blick fiel dann auf die junge Frau, die jetzt ihm gegenübersaß.

Es war wie aus heiterem Himmel, ein Leuchten, ein Strahlen, ja, er konnte es gar nicht beschreiben, mit welcher Magie dieses Gesicht ihm entgegensah. So ein Ebenmaß an Symmetrie, perfekt ausgeglichenen Gesichtszügen und strahlenden Augen hatte er noch nie gesehen. Richtig betroffen, wandte er schnell den Blick ab, spürte seine Verlegenheit, wurde unruhig und erstaunt, dass diese Situation ihn völlig durcheinander brachte. Gut, dass jetzt die Bedienung mit der neuen Tasse Kaffee kam und den augenblicklichen Zustand entschärfte. Mit aller Energie und trotzdem völlig überwältigt, versuchte er seine innerliche Ruhe wieder zu finden, lehnte sich zurück und atmete kräftig durch, mehr nach innen, um nach außen seine Empfindungen nicht preiszugeben. Nachdem er sich etwas gefasst hatte, überlegte er, was ihn eigentlich so aus dem Tritt brachte.

Er, ein erwachsener Mann mit über siebzig, was war mit ihm los? Wieder unterbrach die Bedienung die Situation, servierte der Tischnachbarin einen Latte macchiato.

Durch diese Gelegenheit konnte er nochmals kurz aufblicken, ohne voyeuristisch zu wirken, und dieses Strahlen der blauen Augen wurde erneut zum Focus. Das ›Wasserblau‹ der Iris, durchsetzt mit feinen dunkelblauen Pigmentfasern, präsentierte sich im Lichtspiel des Deckenstrahlers wie ein in Facetten geschliffener Aquamarin.

Es war, als sehe er durch die Augen hindurch, entdecke auf dem Hintergrund eine Sommerwiese mit bunten Blumen und darüber den wolkenlosen, blauen Himmel.

Sie bemerkte sein intensives Betrachten und er befürchtete, dass es ihr unangenehm erschien und sie sich einen anderen Platz suchen würde. Dem aber war nicht so, stattdessen suchte sie in ihrer Umhängetasche nach dem *Smartphone,* legte es auf den Tisch, trank von dem Milchkaffee und konterte mit Blicken. Für ihn galt nun, dies auszuhalten und zu widerstehen.

Hier nun, fühlte es sich wie ein Spiel an, in dem sie sehr geübt und sicher schien, keine Hemmungen zeigte, warum sollte sie auch. ...

Er gab als Erster auf, griff zur Zeitung, schwächte dadurch seine Verlegenheit ab, vertiefte sich scheinbar in den Text, blieb jedoch hellwach. Die etwas laute Musik aus den Boxen ließ keine Unterhaltung im Raum zu, auch nicht das Telefonieren. So stand sie auf, nahm ihr Handy, um vor der Tür das Gespräch zu führen. Doch, wie sie sich erhob – nicht normal, nein, es waren gleitende Bewegungen, ein Insichdrehen ohne abrupte Unterbrechungen, ähnlich einer Pflanze, die sich langsam dem Licht emporreckt. Die Schritte zur Tür erfolgten mehr schwebend als schreitend. Sie ging, ohne sich umzusehen. Er sah die körperbetonte, blaue Jeans, das knappe, grünblaue Oberteil, die langen blonden Haare, die sie offen trug. Sie spürte seine Blicke auf dem Rücken, war es aber gewöhnt, dass ihr Männer nachschauten.

Während sie draußen telefonierte, dachte er, es war mehr als nur das hübsche Gesicht, was ihn so faszinierte, so fesselte. Irgendetwas ging von ihr aus, nicht nur von ihrem Äußeren, es kam auch von innen. Er dachte an ›Seelenverwandtschaft‹, dieses Wort fiel ihm ein, was immer es auch bedeuten möge. Ich werde etwas sagen müssen, ... ein Gespräch anfangen, einen Kontakt herstellen, sonst ist die Gelegenheit im Nichts verflogen, dann ist sie weg, vielleicht für immer. Aber wie? – ohne dass es zu aufdringlich wirkte.

Sie kam zurück. Legte das Handy auf den Tisch, schaute ihn an, lächelte. Nun war er dran, seine einzige und letzte Chance etwas zu tun. Er zögerte, als in diesem Moment ihr *Smartphone* klingelte.

»Rückruf«, sagte sie über den Tisch und übernahm das Gespräch.

Sie presste das Handy an das rechte Ohr und mit der linken Hand hielt sie sich das andere zu. »Ja, ... Julia am Telefon, ich höre Sie, ... ja, ... Pause, ... könnte ich einrichten, ... bis dann am Mittwoch im Besprechungszimmer um 16 Uhr.«

Jetzt kam sein Einsatz.

»Wichtiges Gespräch?«, fragte er über den Tisch.

»Ja, mein Professor von der Filmakademie ... unser Team möchte sich treffen, um ein neues Projekt zu besprechen. Es geht um Altersarmut und um die Lebensbedingungen von älteren Menschen, eine Dokumentation als Film«, gab sie ihm bereitwillig als Antwort.

Also ... das war nun Julia, die Studentin von der Filmakademie, dachte er. Schon mal gut ihren Namen zu wissen. Julia – das passt zu ihr, bestätigte er gedanklich.

So, so, einen Film über ältere Menschen ... ältere Menschen so wie ich?«, fragte er vorsichtig.

»Ja, wir stellen gerade ein Team zusammen, das ältere Menschen befragen soll und was gefragt werden soll, um dies dann szenisch umzusetzen. Ein Drehbuch muss geschrieben werden, die passenden Personen gefunden werden, die sich trauen, vor der Kamera zu sprechen, ihre Meinung zu sagen«, erklärte Julia.
Es kam euphorisch und überzeugend über ihre Lippen und er hätte ihr stundenlang zuhören können.
Er war begeistert, mit welchem Temperament und Engagement sie die Aufgaben wahrnahm, und er beneidete ihre Jugend, ihre Frische und ihren Elan.
»Mit dem Interview können Sie gleich bei mir beginnen«, schmunzelte er, »ich heiße übrigens Hellström.«
»Freut mich ... ich bin Julia.«
»Habe ich schon gehört, während des Gesprächs vorhin«, antwortete er.
»Aber mit dem Interview müssen Sie noch etwas warten, bis das Konzept zusammengestellt ist. Ich denke, in drei Wochen sind wir so weit.
Es ist nun meine Aufgabe, vier oder fünf ältere Menschen zu suchen, die bereit sind, unsere Fragen zu beantworten, und wenn Sie mitmachen, habe ich schon den ersten Kandidaten. Wir treffen uns dann alle zusammen in drei Wochen in der Filmakademie, um das Interview einmal durchzuspielen. Ich möchte mit

Ihnen in Kontakt bleiben, Sie anrufen, wenn es so weit ist. Können Sie mir noch Ihre Handynummer geben?«

»Ja, natürlich, hier meine Visitenkarte, da steht alles drauf.«

»Oh, ... vielen Dank, ... ah, ... ›Erik Hellström‹ heißen Sie, das klingt schwedisch!«

»Stimmt, mein Großvater stammt aus Schweden und meine Eltern nannten mich nach dem Großvater Erik«, fügte er hinzu.

»Gut fürs Erste«, bestätigte sie, »ich muss los, noch schnell bezahlen, mach ich am Tresen bei der Bedienung, bis dann ... wir sehen uns.«

Julia schwebte davon.

Er lehnte sich zurück und atmete tief durch ... was für ein Wirbelwind.

2

Zu Hause angekommen, ging ihm einiges durch den Kopf. Was für ein Tag? Nichts ahnend trifft er ein bildhübsches Mädchen, ja, ... junge Frau, ... die jünger ist als seine Tochter, bekommt eine Statistenrolle in einem Film angeboten und hat von ihr nicht einmal eine Handynummer, er weiß nur, dass ihr Name Julia ist und sie an der Filmakademie studiert. Abgesehen von den kurzen Dialogen weiß er rein gar nichts von ihr und doch hat er den Eindruck, dass auf der Gefühlsebene von ihnen beiden ein Gleichklang herrscht, eine Verbundenheit, eine ›Seelenverwandtschaft‹ – gibt es das? Dieses Phänomen, nach *Wikipedia* erklärt, ist:

›Eine Verbindung zwischen zwei Personen, die sich durch eine tiefe, als naturgegeben erscheinende Wesensähnlichkeit verbunden fühlen, was sich in Liebe, Intimität, Sexualität oder Spiritualität äußern kann.‹

Was steckt hinter dieser rätselhaften Begebenheit? Zwei Fremde begegnen sich – und erkennen auf Anhieb in dem anderen einen ›Seelenverwandten‹. Erik erinnerte sich an Begegnungen, wo er bei wildfremden Menschen dachte, diesem Menschen bist du schon irgendeinmal begegnet.

Erik möchte es dabei belassen und versuchte auf andere Gedanken zu kommen. Weg von dieser Traumwelt, Vorgaukeln falscher Tatsachen, Unwirklichkeiten. Er möchte seinen gewohnten Weg gehen und versuchte sein Leben zu ordnen und zu meistern.

Abends kann er nicht einschlafen, wälzt sich hin und her. »Julia«, ... flüsterte er vor sich hin. Was lief ihm da heute über den Weg? Ist dies eine Vorsehung? Ist es dieser helle Streifen am Horizont? Das Ende einer langen schicksalsbeladenen Phase. Seine Ehefrau Annett gestorben und danach seine neue Lebensgefährtin, die ihr nach zehn Jahren folgte.

Er traute sich nicht mehr, irgendeiner Frau nahe zu sein, sie zu lieben, weil er glaubte, sie wieder zu verlieren.

Mit Julia war es anders. Er spürte und fühlte es. Sie ist nicht die Frau für seine suchende, nochmalige späte Liebe. Wie auch – es lagen über 40 Jahre zwischen ihnen. Nein ... von Julia ging etwas Magisches aus. Sie war Nahrung für die Seele. Ein Aufputschmittel gegen Langeweile, Trägheit, Trübsinn und vielleicht für noch nicht geführte Dialoge zweier Menschen, die sich verstanden und ergänzten.

Doch im nächsten Moment dachte Erik, dass seine Vorstellungen absurd waren, zu einseitig gedacht, entsprangen aus einem verwirrten Gehirn, ohne dass das Gegenüber etwas davon wusste oder ahnte. Entwickelte er sich zum ›Stalker‹? Einsame Menschen bilden sich manchmal etwas ein.

Was war das bei ihm?

Trotz dieser schrecklichen Gedanken, überfiel ihn der langersehnte Schlaf.

Er hatte einen wunderbaren Traum:
Er sah eine Sommerwiese mit Margeriten, Glockenblumen, rotem Klee und blauem Wiesensalbei. Es duftete herrlich nach Frische und Natur. Er legte sich ins Gras und schloss die Augen. Nach einiger Zeit spürte er einen Schatten über seinem Gesicht. Als er die Augen öffnete, blickten ihn zwei wasserblaue Augen an.

Wie von einem Blitz getroffen, saß er hellwach im Bett. »Nein, nein – nicht auch noch in den Träumen«, murmelte er panisch vor sich hin.

3

Mittwochnachmittag – Verabredung mit dem Professor. Julia und die anderen Kommilitonen warteten im Meetingraum. Sie überlegten, wie am besten vorzugehen wäre. Wichtige Punkte notierten sie auf der Flipchart, zum Beispiel, wer macht was, wer organisiert was und festlegen von:

Drehbuch für den Dokumentarfilm – Fragetexte – Regie für den Dokumentarfilm – Ton – Bildgestaltung – Kameraführung – Schnitt – Montage.

Julia, die vor Beginn des Studiums, ein Volontariat bei einer Zeitung absolvierte, sollte sich um das Drehbuch und die Fragetexte kümmern. Den anderen Studenten wurden die restlichen Aufgaben übertragen. Als der Professor kam, erklärte er nochmals die Wichtigkeit des Projekts, dass es sich hier um eine Test-Vergabe an die Akademie vom Funkhaus der Landeshauptstadt handle und dass man eine gut recherchierte Dokumentation erwarte. Dementsprechend sollte dann der Beitrag vom Sender übernommen und eventuell ausgestrahlt werden. Auch würde der Sender, was nicht unerheblich wäre, sich an der Finanzierung des Projekts beteiligen.

Er wandte sich zu den bereits unternommenen Überlegungen an der Flipchart und war hochzufrieden. Zufrieden – mit dem Engagement der Gruppe, mit ihren Darstellungen und Aufzeichnungen. Doch bat er, noch einmal den Sachverhalt zu recherchieren, wie sich die Renten der deutschen Frauen und Männer in Ost und West zusammensetzten. Die Daten wären die Grundlage und der Schlüssel für das Thema

Sie gingen zusammen nochmals alle Fakten und Details durch und er machte den Vorschlag, Julia zur Projektleiterin der Gruppe zu ernennen. Er begründete dies so, Julia Hansen braucht für ihren Examensabschluss, der bald sein würde, noch den Nachweis, dass sie genügend Wissen und Praxis als Assistentin eines Regieleiters habe.

Daraufhin herrschte im Raum absolute Stille. Sicher – gab es da noch mehr Anwärter auf die Projektleitung. Marc, zum Beispiel, der im gleichen Semester wie Julia war, hatte sich dies so insgeheim ausgedacht und gab seiner Enttäuschung freien Lauf. Er würde sich genau so eignen wie Julia und außerdem müsse auch *er* seinen Abschluss untermauern. Der Professor betonte, Julia Hansen sei nur ein Vorschlag und wir wollen demokratisch vorgehen. Er bat um Handzeichen, wer ist für Julia? Vier Hände gingen hoch, und wer ist für Marc? Drei Hände wurden gezeigt. Ein knapper Sieg für Julia und sie wusste, dass die anderen es ihr nicht leichtmachen würden, vor allen Dingen, Marc nicht.

Doch allen war das Ziel bewusst, ein Projekt abzuwickeln, die Anerkennung des Auftraggebers zu erhalten und vielleicht auch etwas für das Image der Akademie und für sich selbst zu tun.

***

Als Julia in ihrem kleinen gemieteten Zimmer ankam, war sie total erschöpft, streifte ihre Schuhe ab und legte sich so mit den Kleidern auf das Bett.

Es war bereits dunkel, als sie wieder aufwachte. Sie dachte über das Gewesene nach: ihre Wahl zur Projektleiterin der Gruppe und vor einigen Tagen das Treffen im Bistro mit Erik Hellström. Sie fand es seltsam, dieses genaue Fixieren von Hellström, spürte aber, dass es mehr war wie sonst das Anschauen von ihren männlichen Kommilitonen. Bei Hellström hatte sie nicht das

Gefühl, als ziehe er sie mit Blicken aus. Er schaute sie interessiert, verbunden und freundschaftlich an, so wie ein guter Bekannter. Er müsste an die siebzig sein, so schätzte sie sein Alter, wirkte aber nicht wie ein Großvater, gebrechlich, sondern seine Augen strahlten hinter der Brille etwas Frisches und Waches aus. Auch seine Bewegungen, nicht schwerfällig, sondern mit guter Körperbeherrschung. Die graumelierten Haare, der Oberlippenbart gaben seinem Gesicht etwas Verbindliches, ja Vertrauensvolles. Vielleicht die richtige Person, um bei der Dokumentation die Seriosität zu unterstreichen. Doch es kam noch darauf an, wie er die gestellten Fragen beantwortete. Sie schaute die Visitenkarte genauer an, die sie in den Händen hielt. Eine einfach gestaltete Karte mit einem Regenbogen drauf, in klarer Schrift die Adresse, Festnetz- und Handynummer. Er wohnte nördlich von ihrem Wohnort in einer kleinen Gemeinde, die sie näher nicht kannte. Wohnt er dort mit seiner Familie? Ist er verheiratet? Wieso sitzt er alleine nachmittags im Café? Wer ist er? Alles Fragen, die ihr durch den Kopf gingen. Fast war sie gehalten, seine Nummer zu wählen, um ihn das alles zu fragen. Doch dazu war es aber noch zu früh, um sich zu melden.

Die Sorge, ob sich alles so entwickelt, wie von Julia gedacht, war berechtigt. Sie stand nun in der Verantwortung, alle zu motivieren, um das Projekt zum Erfolg zu führen. Und dann das zornige Gesicht von Marc. Vielleicht ist er derjenige, der ihr die meisten Schwierigkeiten bereiten könnte. Es war da seinerseits noch eine Rechnung offen, wie er sagte, die es zu begleichen galt. Julia gab ihm klar zu erkennen, sie wollte nichts mehr wissen von der damaligen Geschichte, zwischen ihr und Marc. Marc, der Sonnyboy, der von allen Mädels des Semesters geliebt wurde, hatte es schwer verkraftet, als Julia mit ihm Schluss machte, weil er außer ihr noch zu anderen Studentinnen sexuelle Beziehungen pflegte.

In der Akademie ging sie den geraden Weg, wichtig war ihr das Studium, dazu brauchte sie keine Störfaktoren wie Marc. Morgen, am Samstag, wollte sie anfangen, in der Fußgängerzone Leute anzusprechen, die bereit wären, bei der Befragung mitzumachen. Über ihren Gedanken war es spät geworden. Sie stellte Wasser auf, um sich noch eine Tasse Tee zu machen, trank in kleinen Schlückchen das warme Getränk. Dann war es Zeit, ins Bett zu gehen.

***

Fußgängerzone:
Leute laufen geschäftig oder auch schauend, suchend an den Auslagen vorbei. Julia und Sandra stehen mitten auf der Straße, halten bedruckte Zettel in der Hand. Julia spricht eine Dame um die 65 an:

»Entschuldigung, sind Sie schon im Ruhestand?«
»Ja!«
»Gut ... und Sie bekommen auch Rente?«
»Ja, natürlich, was fragen Sie?«
»Wir sind von der Filmakademie und suchen ältere Menschen, die bei einen Projekt über Altersarmut mitmachen möchten, das heißt, Fragen vor der Kamera beantworten und so, ... verstehen Sie?«
»Ja, verstehe ich.«
»Könnten Sie sich vorstellen mitzumachen. Die Aktion wäre am Samstag in drei Wochen hier in der Fußgängerzone.«
»Ja, das klingt interessant und würde gehen.«
»Sie erhalten von uns weitere Informationen, wie der Ablauf wäre und was für Fragen wir an Sie stellen. Darauf könnten Sie sich vorbereiten, dass das Ganze nicht so stressig wird. Wenn wir zirka fünf bis sechs Leute zusammenhaben, die mitmachen, dann gibt es

18

noch ein kleines Training in der Filmakademie, um etwas die Scheu vor der Kamera nehmen.«

Julia wirkte überzeugend und so brachten die Studentinnen gegen Mittag fünf Teilnehmer zusammen. Alle waren damit einverstanden, dass im Falle einer öffentlichen Darstellung der Dokumentation ihre Aussagen gesendet werden dürfen. Sie hatte sich ihre Telefonnummern notiert, um sie in der Woche vor dem Samstag zur Probe einzuladen. Es war ihr wichtig, kein Risiko einzugehen, dass beim Interview etwas schiefläuft, blöde Antworten kommen oder andere Leute sich in das Gespräch einmischen, sie wollte stichhaltige Fakten, eine Dokumentation, die die Leute anspricht und auch beim Sender gut ankommt.

Am Montagnachmittag traf sich das Team zu einer weiteren Besprechung in der Akademie. Es ging darum, die Aufgaben und die Tätigkeiten zu definieren. Julia übernahm die Gesprächsführung. Der Professor stellte ihr zur Unterstützung die Dozentin für Film und Medien zur Verfügung. Sie kamen zügig voran.

Fragen mit dem Mikro stellen: Julia und Sandra.
(2 Mikros vorbereiten)
Kamera I: Marc
Kamera II: Benno
Tonaufnahme mit mind. zwei Mikro-Eingängen: Claire
Licht: Alexander
Technik allgem.: Felix

Es ging nun an den schwierigen Teil, welche Fragen werden gestellt und dass es maximal zwei Fragen sein sollten.

4

Erik hatte es verdrängt, sein aufdringliches Verhalten störte ihn selbst, das gezielte Anschauen von Julia. Er wollte ganz normal sein.

Auch dachte er nicht mehr daran, als sein Handy klingelte. Er drückte die grüne Taste und sagte nur ganz kurz:

»Hallo.«

»Hallo, ... spreche ich mit Herrn Hellström, ... hier Julia am Telefon, ... hallo Herr Hellström?« ...

»Ja, … hier Hellström.«

»Ich wollte mich bei Ihnen melden, wegen dem Projekt und der Befragung, erinnern Sie sich?«

Erik brauchte ein bisschen, um zu realisieren, sammelte sich:

»Ja, ja, ich erinnere mich. Haben Sie etwas Neues zu berichten?«, fragte er.

»Ja, wir sind weitergekommen, haben konkrete Details ausgearbeitet und es sind jetzt fünf weitere Personen, die mitmachen, also mit Ihnen sechs. Die anderen konnte ich schon instruieren, was wir vorhaben und dass wir uns schon bald zu einer Probe in der Akademie treffen. Ihnen müsste ich noch etwas dazu erklären, ... aber jetzt am Telefon, ... ich würde lieber einen Kaffee dazu trinken, im Bistro ... oder?«

»Ja, ist mir auch angenehmer.«

»Morgen in der Pause gegen Mittag hätte ich Zeit. Können Sie kommen?«

»Ja, ja ich komme, bin da, so um halb zwölf. Bis dann.«

Erik überlegte, wie wird es ihm wieder ergehen, so dramatisch wie letztes Mal? Er kam zu dem Entschluss, in erster Linie ging es um das Projekt von Julia und dabei wollte er ihr helfen, sie unterstützen, zusammenarbeiten mit einer Studentin und dass diese jung und hübsch war, das hat sich einfach so ergeben.

Erik war zuerst im Restaurant. Er bestellte sich einen Kaffee, überlegte, wie er Julia helfen könnte.
Kurze Zeit darauf kam sie.

Als sie sich begrüßten, verlor sich Eriks Blick erneut in ihre strahlenden Augen, schaute verlegen nach unten, darauf bedacht, sich nichts anmerken zu lassen.

»Hallo, ... schön Sie zu sehen und danke, dass Sie so schnell kommen konnten«, so Julia.

»Auch hallo, ... kein Problem, ich bin ja im Ruhestand und heute war kein Termin in meinem Kalender eingetragen.«

Sie bestellte den obligatorischen Latte macchiato und sagte:

»Ich habe eine Stunde Pause, das muss aber reichen, um alles zu erklären. Das Wichtigste ist, dass wir alle Gesprächspartner zusammenhaben und deren Zusage mitzumachen. Die Technik, Kameras, Mikros, Beleuchtungs-Equipments usw., alles einsatzbereit und nun, ... sollte das Ganze einmal durchgespielt werden und dass alle sich am Donnerstag um 17 Uhr vor dem Liveauftritt in der Akademie treffen. Die Gesprächsteilnehmer erhalten dann die Fragen, maximal zwei, so hätten sie noch bis Samstag Zeit, sich dazu etwas zu überlegen.«

Erik schaute sie an und trank einen Schluck von seinem Kaffee.

»Ach, ja, ... und noch was, ich sollte für Ihre Zusage eine Unterschrift haben, falls die Dokumentation gesendet wird, dass Sie mit der öffentlichen Präsentation einverstanden sind. Hier das vorbereitete Formular.«

Sie lachte betont: »Ich sagte, ... falls.«

Erik unterschrieb. Mit einem forschen Blick reichte er das Blatt zurück.

»Viel Glück, dass alles so läuft, wie Sie es sich vorstellen«, kam von ihm über den Tisch.

Sie nippte von dem Milchkaffee, machte es sich auf dem Stuhl bequem.

»Wenn ich Sie so direkt fragen darf, wie kommen Sie eigentlich hier an die Filmakademie?«, so Erik. »Ganz einfach, meine Tante, die Schwester meiner Mutter, wohnt in Stuttgart und als sie hörte, dass ich Film und Medien studieren wolle und diese Filmakademie hier in der Stadt über alle Lande gelobt wurde, war auch für meine Eltern klar, mich ins Schwabenland zu schicken. Sollte ich irgendwelche Schwierigkeiten, Probleme, Heimweh oder was auch immer haben, wäre der kurze Weg zu meiner Tante und meinem Onkel die erste Anlaufstelle. Ich habe diese Hilfe nie gebraucht, Gott sei Dank. Bisher ging alles gut. Selbstverständlich besuche ich sie in Stuttgart öfters, aber nur so zum Spaß, vielleicht mal zum Geburtstag oder so ... Sie verstehen. Durch meine Verwandten habe ich auch das Umfeld von Stuttgart kennen gelernt, alles was dazugehört. Land und Leute sind mir bestens vertraut. Es gibt natürlich auch Tage, wo ich mich nach dem Norden sehne, nach Hamburg, meiner Geburtsstadt. In den Semesterferien fahre ich immer gerne nach Hause zu meinen Eltern und meinem jüngeren Bruder, der sich gerade auf das Abi vorbereitet.«

Julia schaute auf die Uhr:

»Wie die Zeit vergeht. Nun habe ich Ihnen sehr viel von mir erzählt, nächstes Mal sind Sie aber dran, abgemacht? ... Ich muss gleich weg.«

Sie riss einen Zettel aus dem Notizbuch und schrieb ihre Handynummer auf.

»Für alle Fälle«, meinte sie und schob das Papier über den Tisch.

Der Bedienung gab sie ein Zeichen, dass sie bezahlen wollte. Erik, mit Augenkontakt zu der jungen Frau am Tresen, signalisierte, dass der Latte macchiato auf seine Rechnung ginge.

»Danke schön, ich revanchiere mich!«, rief Julia unter der Tür zurück.

Erik überlegte, ... welche junge Frau hätte sich mit ihm, dem Rentner über siebzig, unterhalten, ganz unkompliziert, frei von Vorurteilen, ... was ging in Julia vor? War es nur das Projekt, um ihn als notwendige Frageklientel zu gewinnen?

Trotz dieser Ungewissheit verspürte Erik langsam Hunger. Er bestellte eine italienische Vorspeise, etwas Wein und Mineralwasser.

Nach dem Essen ging er über die Fußgängerzone bis zur Stadtkirche zum Marktplatz. Der rechteckig angelegte Platz mit den bunten Häusern, ihren Arkaden und den in großen Pflanztrögen aufgestellten Oleander- und Wandelröschenbüschen gaben dem Ganzen ein südländisches Ambiente. Unweit vom Brunnen suchte er im Schatten einen Platz im Café und bestellte einen Espresso.

Immer noch waren seine Gedanken bei Julia.

5

Die ausgesuchten Leute, drei Frauen und drei Männer, wurden von Julia am Empfang der Filmakademie begrüßt und in den Konferenzraum gebracht. Im Hintergrund auf Tischen abgelegt zwei Filmkameras, Handmikrofone und LED-Scheinwerfer auf Ständern montiert. Die Dozentin und die anderen Studenten erschienen, kurze Begrüßung und Einweisung. Frau Scholz erklärte, dass die Kameras mitten in der Fußgängerzone platziert werden und die zu Befragenden von oben auf die Kameras zulaufen sollen. Eine Kamera wurden probehalber in Position gebracht, die Scheinwerfer angeschaltet. Nacheinander sollten die Personen auf die Kamera zugehen. Dann stellen Julia und Sandra ihre Pseudo-Fragen:

Eine Rentnerin steht vor der Kamera.
Frage 1: Sie beziehen Rente, wie kommen sie damit aus? Antwort ...
Frage 2: Was tun Sie, wenn z. B. die Waschmaschine kaputt geht? Antwort ...
Ein Rentner steht vor der Kamera. Frage 1, Antwort ...
Frage 2, Antwort ... usw., bis alle sechs Personen durch waren.

Die Dozentin erklärte, ganz genau so soll es am Samstag ablaufen. Bitte, kommen sie eine halbe Stunde vor Beginn in die Akademie. Sie verteilte die Fragetexte, um den zu Befragenden die Möglichkeit zu geben, sich auf die Antworten vorzubereiten.

Man ging auseinander, etwas gespannt, was am Samstag folgte.

Erik hatte als Frage: Sie als Rentner, wie kommen Sie mit Ihrer Rente aus? Frage 2: Haben Sie ein Auto? Was passiert, wenn eine größere Reparatur ansteht?

Er wusste die Antworten und machte sich keine weiteren Gedanken.

∗∗∗

Ein sonniger Samstagmorgen empfing die Gruppe. Das Filmteam bereits in Position, wartete auf die zu befragenden Personen. Von oben gingen diese auf die Kameras zu und wurden dann von Julia und Sandra begrüßt und befragt.

Eine Antwort einer Rentnerin, war zum Beispiel: Sie sei Witwe und bekomme noch eine Witwenrente von ihrem verstorbenen Mann, dazu hätte sie noch einen 400-Euro-Job angenommen, worauf ihr die Witwenrente um 200 Euro gekürzt wurde. Das verstehe sie nicht, wollte sie doch auch mit dieser Beschäftigung wieder etwas Kontakt haben und unter Menschen sein.

Ein Rentner erzählte, jeden Monat reicht das Geld gerade so, Urlaub ist nur noch Wunschdenken und wenn am Auto oder im Haushalt etwas kaputt geht, muss er seinen Sohn bitten, ihm etwas zu leihen, oder das Konto überziehen.

Alle waren zufrieden, wie es lief. Nun war Erik an der Reihe. Er hatte seine Antworten parat, wollte gerade Julia antworten, als sich zwei junge Männer dazustellten und Erik ins Wort fielen. »Hallo, ihr Rentner«, sagte der eine, »alle braungebrannt, direkt vom Golfplatz und fahren mit ihren dicken SUVs durch die Gegend.« Der andere: »Und es gibt viel zu viele davon, 20 Millionen, wer soll für die denn aufkommen? Wir Jungen legen uns doch dafür krumm.« Die Situation schien zu eskalieren. Erik ruhig und gelassen:

>Darf ich nun auch etwas dazu sagen, schließlich bin *ich* gefragt worden! Verständlich, dass Sie nur das Eine sehen und es ist auch richtig, dass es vielen Rentnern gutgeht. Das ist aber nur ein Bruchteil von denen, die sich jeden Monat überlegen müssen, wie sie über die Runden kommen.

Eine Frage an Sie, junger Mann, als Sie im Kindergarten waren und danach die Schule besuchten, wer hat da die Gehälter der Erzieherinnen und Lehrer bezahlt? ... Ihre Eltern und wir Rentner, die damals noch berufstätig waren und zwar mit unseren Steuern und Abgaben. Es gibt nun mal in Deutschland eine Solidargemeinschaft, der eine hilft dem anderen.

Und von wegen Golfplatz, was ich sehe und das sind nicht wenige, die die Mülleimer nach Pfandflaschen durchsuchen, um sich für ein paar Euro ein Bier oder eine Schachtel Zigaretten kaufen zu können. Möchten Sie tauschen? – ich nicht. Und noch etwas, viele Mütter der Familien sind nach der Elternzeit wieder berufstätig geworden. Etwas dazuverdienen, um die Eigentumswohnung oder das Auto abzuzahlen und wer springt ein, ... bringt die Kinder in die Schule, ... wer holt sie ab, ... wer betreut sie nachmittags, ... macht mit ihnen Hausaufgaben, wer? ... Sagen Sie wer? ... Richtig! ... Die Großeltern, ... die Rentner! Ich könnte noch viele Beispiele aufzählen, ob es was nützt?

Und genauso verhielten sich die jungen Männer. Sie entfernten sich lächelnd, wenig einsichtig. Julia und Sandra waren zunächst sprachlos. »Diese beiden Typen, fast hätten sie unsere Dokumentation geschmissen«, schnaubte Sandra. Die Leiterin kam hinzu und fragte, was eigentlich los gewesen sei. »Etwas Unerfreuliches«, antwortete Julia, »aber auch wieder gut, um die ganze Bandbreite zu zeigen.«

Nach einigen weiteren Befragungen konnte das Aufzeichnen abgeschlossen werden.

Es wurde vorgeschlagen, als Ausklang in den ›Blauen Engel‹ zu gehen. Die Dozentin informierte die Anwesenden, wie das Projekt weitergehen soll. Zuerst, allen die mitgeholfen haben, besten Dank, es war ein großartiges Team, die Befragten, die Fragenden, die hinter den Kameras standen, die Technik und dass alles so gut funktioniert hat.

»Eine große Herausforderung, im Rahmen der Studien- und Examensarbeit wird für die Studenten nun sein das Sichten des Materials, Einfügen von Schaubildern und Grafiken, das Schneiden, das Verbinden der Elemente durch einen Sprecher, das Vertonen und das Aufbereiten auf digitale Träger, sprich das Speichern«, so die Worte der Seminarleiterin, »und noch etwas, wir halten Sie auf dem Laufenden, was aus der Vorstellung der Dokumentation beim Sender geworden ist.«

***

Einige Tage später traf Julia Marc im Flur der Akademie.

»Gut, dass ich dich hier treffe, ... ich wollte dir noch sagen, was du für ein mieser Typ bist! Es wäre dir fast gelungen, das ganze Projekt zu gefährden.«

Mit unschuldiger Mine fragte Marc:

Hey, was soll das Gerede ... gefährden?«

»Ja, mein Lieber, das Auftreten der beiden Clowns hattest doch du inszeniert, ich erkannte den einen, ich sah ihn mal bei dir in deinem Auto sitzen. Marc ... du hättest alles zerstören können, was denkst du überhaupt? Ich will irgendwann meinen Abschluss machen, habe lange darauf hingearbeitet, dann so was. Dein Hass gegen mich muss unheimlich groß sein. Warum machst du das?«, fragte Julia resigniert.

»Reg dich nicht auf, ist ja nichts passiert. Ich bin ziemlich sauer auf dich, du mit deinem hübschen Gesicht hast alle Vorteile auf deiner Seite, protegiert vom Professor und neulich im Bistro, sah ich dich mit diesem Alten sitzen, diesem Hellström, er hat dich angeschaut wie ein verliebter Gockel und du, ... du hast ihm noch zugelächelt. Was soll das? Was ist an dem dran?«

»Ach, ... eifersüchtig auf Hellström, sieh mal einer an, ... dass ich nicht lache, ... du kannst *mir* mit keinem Recht der Welt vorschreiben, mit wem ich im Lokal sitze und was ich tue, ... du nicht!«

Julia wurde sehr laut:

»Und Hellström, ... ist ein ausgezeichneter Zuhörer, ein erfahrener Mensch, er ist loyal, ehrlich und einfühlsam, alles Dinge, von denen du meilenweit entfernt bist!«

Marc wandte sich von Julia ab, ließ sie stehen, ging zur Tür, öffnete sie und knallte sie hinter sich zu.

6

Es war wieder etwas ruhiger geworden in Eriks Leben. Er blätterte die Zeitung durch und fand eine Anzeige der Schlossfestspiele. Ein Konzert im Forum von verschiedenen Komponisten, Mozart, Schumann Vivaldi, gespielt von bekannten Interpreten für Geige, Klavier und Klarinette. Immer wieder wollte er mal ins Konzert gehen. Früher hatte er mit seiner Frau ein Abonnement in Stuttgart. Ja, ... damals, mit seiner Frau, seiner geliebten Annett. Wie glücklich sie waren, schön gekleidet, einen wundervollen Abend zu erleben, ... aber er nun alleine?

Beseelt von den letzten Ereignissen, den Treffen mit Julia, ihrem fröhlichen Wesen, dem guten Gelingen des Interviews, fasste er den Mut, sie einzuladen. Sie meldete sich auf dem Handy. Erik gab sich zu erkennen und fragte nach ihrem Befinden. Sie antwortete, das Projekt belaste sie gerade alle, vermute aber in 14 Tagen wieder ›Land‹ zu sehen. Erik erklärte ihr die Idee mit dem Konzert, das in drei Wochen sein sollte, so gegen Ende des Monats. Sie zögerte und sagte dann, es würde ihr bestimmt guttun, mal etwas Entspannendes zu erleben, abzuschalten ... und sie liebe Konzerte. Erik bestellte zwei Karten im Vorverkauf, für den Freitagabend in drei Wochen. Von da an wurde Erik nervös. Was ziehe ich an? Welches Sakko? Welche Krawatte oder doch lieber einen Anzug? Er freute sich, mal wieder mit einer hübschen, jungen Dame auszugehen. Es wurde der dunkle Anzug, ein dunkelblaues Hemd und eine silberfarbene Krawatte. Er betrachtete sich im Spiegel, fand alles passend und so dachte er, seine grauen Haare, die Brille, gaben dem Ganzen vielleicht doch ein etwas zu seriöses Erscheinen, aber nur ein bisschen.

Er wartete am Eingang. Wenig später kam Julia, nein, sie schwebte zur Tür herein, einen hellen leichten Kurzmantel über dem Kleid. Sie gingen zur Garderobe und Erik half ihr aus dem Mantel. Er kam ihr so nahe, dass er den Duft ihres Parfüms wahrnahm. Ein leichter Duft auf ihrer jungen Haut entfaltete einen Hauch von Pfirsich, Granatapfel und Jasmin.

Nun stand sie vor ihm, die blonden Haare hochgesteckt, ein paar Strähnen umrahmten das hübsche Gesicht. Das nachtblaue Trägerkleid auf Taille geschnitten endete eine Handbreit über dem Knie, die hohen dunkelblauen Pumps, gerade so hoch, dass sie auf Augenhöhe mit Erik war. Sie liebte es, egal mit wem, auf gleicher Augenhöhe zu sein, es war ihre Art.

Er ging einen Schritt zurück, erwähnte, dass sie bezaubernd aussehe, reichte ihr den Arm, um die Treppe hoch zum Foyer zu gehen. Erik wollte es nicht, vom Alter her stimmte es auch nicht, aber er fühlte sich um 20 Jahre jünger, stolz in dieser Begleitung zu sein, und er bemerkte, dass doch einige Blicke dem ungleichen Paar folgten. Sollen sie doch denken: Alter Mann mit seiner Geliebten? Vater und Tochter? Großvater und Enkelin? ... es konnte alles sein.

Es war ein großartiges Konzert, das Publikum applaudierte, rief Zugabe und die Künstler belohnten es mit kurzen Extraeinlagen. Erik gefiel das Klarinettenkonzert A-Dur von Mozart am besten, besonders der zweite Satz Adagio, dieses reine, klare und ruhige Solo der Klarinette. Julia, die früher Geige gespielt hatte, gefiel Vivaldis Vierjahreszeiten, ›Der Sommer‹, ein schwer zu spielendes Stück für den Solisten.

Erik vereinbarte schon im Vorfeld mit Julia, dass sie anschließend in das nahegelegene Restaurant gehen würden, um den schönen Abend ausklingen zu lassen.

Sie bekamen einen einzelnen Tisch in der Ecke, bestellten zwei Gläser guten Rotwein, stießen auf den gelungenen Abend an. Dabei bedankte sich Julia für die Einladung zu diesem herrlichen Konzert.

Erik wusste, was Julia noch von ihm wollte. Er hatte das – nächstes Mal sind Sie dran mit dem Erzählen – in den Ohren. Ja, sie hatte schon eine gewisse Vorstellung von diesem Menschen Erik, der ihr gegenübersaß, mit dem sie schon einige Stunden verbrachte, ihn nun auch schon Tage kannte, aber doch nichts Genaues über ihn wusste. Also forderte sie ihn auf, wenn es ihm jetzt recht wäre, etwas über sich zu erzählen. Er fragte sich, was ist das für eine Person, die über ihn – dem alten Mann, etwas wissen wollte, ihn für ernst nahm, sich ihm zuwandte und warum?

Julia unterbrach Eriks Gedanken mit den Worten:

»Ich konnte heute Abend meinen Alltag vergessen, das abgeschlossene Projekt, diesen Fauxpas mit den jungen Männern bei der Befragung, die Anspannung und das Warten auf die Beurteilung des Senders, alles das ... dann ... nur dasitzen, genießen, der Musik zuzuhören, sich geborgen fühlen ... verstehen Sie ... was ich meine?«

»Ja ... ja ... ich verstehe Sie gut, mir ging es ähnlich.«

Erik griff zum Glas, prostete ihr zu.

»Auf unseren wunderbaren Abend!«, sagte er.

Sie lächelte.

Er liebte dieses Lächeln, die zwei kleinen Grübchen in den Wangen, die sich dabei bildeten.

»Ich bin nun am Überlegen, ob ich von mir erzählen soll, es gibt Abschnitte in meinem Leben, die wünsche ich meinen ärgsten Feinden nicht«, so Erik.

Aber Julia bedrängte ihn:

»Es kann doch nicht alles nur traurig und entsetzlich gewesen sein. So machen Sie mir nicht den Eindruck, schließlich strahlen Sie Ruhe und Gelassenheit aus.«

»Ach, ... Julia, ... Entschuldigung, ... ich darf Sie doch Julia nennen?«

Er wartete das ›Ja‹ erst gar nicht ab, sondern ergänzte seinen Satz:

»Im Alter wird Mann oder auch Frau automatisch gelassener.«

Wie sollte Erik nun anfangen? Doch sie hatte ein Recht dazu, wer setzt sich schon ins Konzert und in einer Hotelbar mit einem Fremden zusammen. Erik begann zu erzählen, dass er Witwer sei, zuerst seine Frau Annett und dann kurz darauf auch seine neue Lebenspartnerin gestorben sei.

Er machte eine Pause, ... sah, ... wie Julia sich zurücklehnte, still wurde.

Nach einiger Zeit sagte sie:
»Tut mir leid, so heftig hätte ich es nicht erwartet.«

»Ja, das Leben kann manchmal hart sein und viele müssen sich diesem Schicksal beugen«, erwiderte Erik.

»Und wie gingen Sie mit dieser ganzen Fülle an Trauer um?«, fragte Julia.

Erik erzählte weiter, dass der Anfang ganz schlimm gewesen sei. Er haderte, machte Gott für seinen tiefen Schmerz verantwortlich, besuchte eine Trauergruppe, um über das Leid zu sprechen. Und es gab Fragen, auf die die Gruppe auch keine Antwort wusste. Diese Fragen hätten ihn damals mehr und mehr beschäftigt. Hauptsächlich nachts, wenn er nicht schlafen konnte, fielen ihm Schlagworte ein, die mit der Auseinandersetzung der Trauer zu tun hatten. Noch im Halbschlaf notierte er die Stichworte, um sie dann tagsüber zu kleinen Gedichten oder Texten zu vervollständigen.

Es waren dunkle, traurige Texte über Tod und Sterben. Aber durch das Aufschreiben und das innige Befassen mit dem Thema Tod schuf er sich so die Möglichkeit, gedanklich frei zu werden. Er schrieb einfach die Trauer auf das Papier – schwarz auf weiß. Es war seine Art ›Trauerarbeit‹ zu leisten.

Erik machte wieder eine Pause, fragte Julia, ob es sie anstrengen würde seine Geschichte von Tod und Leid.

»Nein, nein, ... bitte, erzählen Sie weiter, es berührt mich nur.«

Er blickte zu ihr, nahm das Glas, reichte es in ihre Richtung, um anzustoßen. Sie schauten sich an, lächelten, tranken und Erik fuhr fort:

»Ich stürzte mich voll in die Arbeit. Die Arbeit wurde für mich der Mittelpunkt meines Lebens – meinem neuen Leben. Manchmal nach der Arbeit, ging ich in mein Lieblingsbistro, es war dasselbe, in dem wir uns getroffen hatten, um eine Kleinigkeit zu essen oder etwas zu trinken und als meine Augen in der Runde umhergingen, kam wieder diese Einsamkeit auf. Früher waren mir die vielen verliebten Paare an den Tischen nicht aufgefallen, jetzt schon. Ich hatte immer etwas zum Schreiben dabei und notierte folgenden Text:

Mit traurigen Augen sehe ich auf das glückliche Paar
nebenan.
Sie sitzen sich gegenüber, schauen sich an.

Langsam bewegen sich ihre Hände aufeinander zu,
berühren sich.
Die Finger suchen Geborgenheit in den Handflächen des
Anderen.
Ihre Augen leuchten.

Und ich rühre den Kaffee in meiner Tasse und denke,
dieses Glück kannte ich auch mit dir,
ein Glücksgefühl, das tief aus dem Herzen kommt.

In meiner Traurigkeit spüre ich,
wie weh es tut,
nun alleine zu sein.

»Kann ich nachvollziehen, ... doch sehr traurig«, sagte Julia, ... »und wie ging es weiter?«

Kristina, seine Tochter, hatte Erik immer in ihre Familie eingebunden, fragte oftmals, wie es ihm gehe. Sie unternahmen vieles zusammen und es gab ja noch den kleinen Enkel von Erik, Hendrik.
Am Ende der Elternzeit, wurde Kristina gefragt, ob sie vielleicht stundenweise wieder in den Beruf einsteigen

möchte. Dadurch änderte sich der Tagesablauf der jungen Familie total.

Während dieser Zeit wurde Hendrik morgens von Eriks Schwiegersohn in den Kindergarten gebracht und von den Großeltern abwechselnd mittags wieder abgeholt.

Den Nachmittag verbrachte er bei den jeweiligen Großeltern mit Spielen, Basteln oder bei den Kindern in der Nachbarschaft mit Fußballspielen. Abends kam dann Kristina, um ihn wieder abzuholen.

Erik konnte mit Hendrik eine intensive Zeit verbringen. Er nahm teil an der Entwicklung, an dem Fortschritt seines Denkens und war glücklich, mit Hendrik stundenweise zusammen zu sein. Wenn Erik wieder mal etwas traurig wirkte, dann brachte es Hendrik fertig, ihn aus dieser Melancholie herauszuholen. Mit seinem Lachen und dem ständigen ›Opa, was machen wir jetzt?‹, war kein Platz für Trübsinn.

Erik schaute auf Julia. Sie verfolgte gespannt Eriks Geschichte.
»Ist Ihnen nicht langweilig?«, fragte Erik.
»Nein, nein, ... es freut mich, dass es in Ihrem Leben wieder Lichtblicke gab«, so Julia.
»Haben Sie Hunger?« fragte Erik nebenbei.
»Vielleicht eine Kleinigkeit, bitte nicht viel.« ...
Erik bestellte kleine Paninis, lecker belegt mit Mozzarella und Tomate.
»Mögen Sie das?«
»Natürlich, passt auch gut zum Wein.«

Nach einer kleinen Pause bat Julia Erik weiterzuerzählen.

Er habe sich in diesen acht Jahren mit dem Alleinsein abgefunden, sich Gruppen angeschlossen und ehrenamtlich bei der Kirche engagiert, so dass sein Single-Leben strukturierte Formen bekommen habe.

Auch überlegte er sich, wie es ihm in einer neuen Beziehung gehen würde. Waren sie dann noch da, die Freiräume, die er auch brauchte und ihm jetzt zur Verfügung standen? Hätte er die Energie, sich um die Beziehung zu kümmern? Bliebe für ihn genügend Zeit um zu schreiben? Das manchmal einfache Nichtstun, den kleinen Ruhepausen mitten am Tag, wäre das alles nicht sehr viel anders? Wo könnten Kompromisse gemacht werden? Eines war auf jeden Fall klar, eine Änderung würde es bedeuten.

Eine positive Änderung sei nun, eine junge Frau kennengelernt zu haben, die ihn teilhaben ließ an ihrem jungen Leben und mit ihr der er nun hier sitze und Wein trinke.

Julia wurde etwas verlegen und war erstaunt über Eriks Direktheit.

Er erkannte dies und fügte gleich an:

»Bitte, Julia, verstehen Sie mich nicht falsch, es ist nur ein kleiner Glanzpunkt in meinem Leben. Es sollte auch nicht mehr sein, keinerlei Bindung oder Verpflichtung für Sie, es ist nur wichtig für mich. Es gibt mir so viel an Wertschätzung und einen kurzen Moment des Glücklichseins, und wenn es Ihnen zu lästig wird, ... einfach sagen ... und schon bin ich aus Ihrem Umfeld verschwunden.«

Julia schluckte, nahm schnell das Glas und trank.

Die Bedienung servierte die Paninis, wünschte guten Appetit.

»Greifen Sie zu, ich kann jetzt auch etwas gebrauchen«, lächelte Erik.

Leise Musik erklang dezent im Hintergrund.

Sie aßen.

Julia sagte nach einer Pause:

»Herr Hellström, es hörte sich so an, als wären Sie mit diesem einen Glücksmoment zufrieden, fänden es anmaßend und aufdringlich von Ihnen, mir gegenüber so offen zu sein und treten aus Rücksicht nun den Rückzug an. Das wäre schade, ... schade für mich und schade für Sie.

Sie sind für mich ein wertvoller Mensch, so hätte ich mir meinen Großvater gewünscht, der leider viel zu früh gestorben ist. Es war für uns beide wichtig, dass wir uns kennengelernt haben, ja, – vielleicht sogar eine Fügung.
Sie mit Ihrer Vorstellung, dass ein Mensch Sie wertschätzt und ich, ... der nun einen Menschen kennt, der ihn an seinen Großvater erinnert. Mehr ist es nicht und sollte es auch nicht sein, ... das ist doch genug?

Oder, ... wie denken Sie?«

Erik konnte es so stehen lassen. Sie waren sich über den gegenwärtigen Zustand des Kennens einig.

»Es ist gut so«, bemerkte er, »genug geredet und zugehört. Wie geht es ihnen jetzt?«

»Es ist der Anfang einer Erzählung, die noch nicht zu Ende ist. Der Dialog geht weiter, hoffe ich doch, aber nicht mehr heute. Ich bin zu müde und mit dem Wein habe ich die nötige Bettschwere. Nochmals herzlichen Dank für den wunderbaren Abend.«

Erik bezahlte und bestellte für Julia ein Taxi, da es begonnen hatte zu regnen.

7

Einige Wochen gingen ins Land. Julia kümmerte sich um ihren Abschluss, legte noch einige Tests ab, um die notwendigen Scheine zu erhalten. Die Assistentin des Professors hatte ihr im Vertrauen gesagt, dass man mit ihren Leistungen sehr zufrieden sei. Mitbewertet würde allerdings auch die Dokumentation, doch hätten sie vom Sender noch keine Aussage oder Nachricht. Und dann war da noch Julias Diplomarbeit. Sie sollte sie in einer Woche abgeben. Schon während den laufenden Semestern hatte sie recherchiert, arbeitete wissenschaftlich, wälzte Literatur, diskutierte mit dem Professor und der Dozentin. Sie unterhielten sich über den Titel der Arbeit und kamen zu dem Ergebnis, Julia solle die Arbeit – ›*Hypothese: Der Film zerstört die Phantasie des Buchlesers*‹ – nennen. So arbeitete sie mit Hochdruck an der Zusammenfassung und nochmaligem Lektorieren und brachte nun fristgerecht ihr ›Werk‹ zum Abschluss. Gespeichert auf einem USB-Stick fuhr sie mit dem Fahrrad in die Stuttgarter Straße zum *Copyshop* und gab den Auftrag, fünf Exemplare zu drucken und zu binden. Nun hatte sie endlich wieder den Kopf frei, um sich anderen Dingen zuzuwenden.

Zeitgleich beschäftigte sich Erik mit häuslichen Gegebenheiten, er baute im Garten ein Hochbeet, um es den gefräßigen Schnecken schwerer zu machen, an den gepflanzten Salat zu kommen, mähte den Rasen, pflanzte Himbeeren, weil Hendrik diese so gerne aß, war mit der Betreuung von Hendrik an der Reihe, der inzwischen in die Schule gekommen war und er ihn dort abholen musste. Mittwochs gingen beide in die Schulmensa, um dort das Mittagessen einzunehmen. Erik bekam etwas Kontakt mit anderen Großeltern oder Eltern, zu einem kleinen Austausch reichte es allemal.

Abends, Kristina hatte Hendrik bereits bei ihm abgeholt, klingelte Eriks Handy. Julias Nummer hatte er inzwischen einprogrammiert und so leuchtete diese im Display in großen Buchstaben auf.

»Hallo, Herr Hellström, ich muss Ihnen was Großartiges berichten«, sprach sie aufgeregt, »unsere Dokumentation wurde vom Sender angenommen und soll ausgestrahlt werden. Das ist doch großartig! Die Akademie will nun alle Beteiligten zu einer Preview einladen. Die Einladungen werden in den nächsten Tagen versandt, Sie sind natürlich auch dabei.«

Julias Stimme überschlug sich fast, so aufgedreht war sie.

»Ja, ja, ja ... das hört sich gut an«, bremste Erik.

»Ich freue mich für Sie und die ganze Gruppe, es klingt fast so, als müsste das gefeiert werden.«

»Aber nur wir beide im Bistro«, entschied Julia bestimmend, »wann haben Sie Zeit? – morgen Nachmittag um fünf?«

»Doch, das würde gehen«, war die Antwort.

Julia erwartete Erik schon ungeduldig.

»Ist das nicht großartig!«, rief sie ihm entgegen, ich wollte zuerst mit Ihnen ein wenig feiern, vor den anderen.«

»Warum mit mir und nicht mit ihren Kommilitonen?«, fragte Erik, als er sich setzte.

»Was ist so interessant an einem älteren Mann ... und Sie ... als junge Frau? ... Sie müssten sich doch mit Jüngeren amüsieren.«

Etwas leiser flüsterte sie: »Ich glaube, viele junge Männer haben Angst vor mir, Hemmungen, ich könnte sie abweisen.«

»Das wäre erklärbar, mir ist es auch nicht leichtgefallen, Sie anzusprechen.«

»Und die ganz Forschen, die Stürmischen wollen nur schnell ihr Ziel erreichen, ... da habe ich meine Erfahrungen schon gesammelt. Nein, das reicht mir, ich will mein Studium abschließen, mir einen Job suchen, dann sehen wir weiter. Bei Ihnen fühle ich mich frei und sicher und Sie sind etwas Besonderes.«

»Wie, ... das verstehe ich jetzt nicht.«

»Ja, ... Sie haben so etwas Väterliches, Beschützendes, ... ach, ... Sie wissen schon, wie ich das meine. Lassen Sie mir doch dieses Gefühl.
Nun zurück zu unserer Dokumentation. Dass diese so gut angekommen ist, daran sind Sie maßgeblich beteiligt.«

»Ich? Doch nicht mehr als die anderen.«

»Doch, doch, ... Ihr Kommentar und Ihre Spontanität hat doch dem Ganzen eine Dynamik gegeben, so auch die Meinung der Leute von der Akademie.«

»Na, dann, auf das Projekt, ... Prosecco erwünscht?«

»Ja – gerne!«, rief Julia.

Erik bestellte. Sie hatten wieder denselben Tisch, hinten in der Ecke, wie letztes Mal. Als die Bedienung, das Getränk brachte, stießen sie an.
»Und noch was, Herr Hellström, ist es nicht wunderbar, seitdem ich Sie kenne, hat sich alles bei mir zum Guten gefügt? Dass ich nur schöne Dinge erlebe und Sie machen sich Sorgen, Sie könnten mir zu nahe treten, ... rein bildlich meine ich.«

Erik lachte: »Na ja, dann bin ich aber beruhigt.«
»Ich habe darüber nachgedacht, als Sie damals nach dem Konzert von sich erzählten, ... haben Sie nichts über Schweden gesagt«, so Julia.

»Ja, das gehört natürlich auch zu meinem Leben. Aber, das ist ein ganz anderes Kapitel. Doch, ... ich muss sagen, ein sehr wichtiges und wertvolles.

Schweden erlebte ich zusammen mit meiner Frau, frisch verheiratet, damals nochmals ganz neu, eine wunderbare Zeit und ich denke daran gerne zurück. Ganz allgemein ist Schweden für mich Freiheit, nicht wie hier, Menschen an Menschen, Städte an Städte, Landschaft zersiedelt, Täler mit eingegrabenen Flüssen, ja, ... natürlich auch landschaftlich reizvoll, werden Sie sagen, zum Beispiel der Neckar, die Felsengärten.

Schweden ist ein weites Land, mit über 90.000 Seen und großen Wäldern überzogen, darüber der blaue Himmel. Selbst in Stockholm, der Millionenstadt, nach einigen Kilometern außerhalb, fängt die Natur an.«

Eriks Augen leuchteten. Julia sah, wie er ergriffen war, als er weitersprach:

»Die Familien Hellström haben ein Sommerhaus nördlich von Göteborg in Dalsland nahe Norwegen. Es wird über Generationen immer weitergegeben.

Im Sommer trifft man sich, die Männer zur Jagd auf freigegebenes Wild, aber auch zum Austausch von Neuigkeiten, gehen zusammen in die Sauna, kühlen sich ab im See, feiern Feste, pflegen die Gemeinschaft. Ich habe über die ganzen Jahre ganz selten erlebt, dass wir uns uneinig waren.

Wir halten zusammen. Ich habe zwei Vettern, der eine wohnt in Stockholm, der andere in Göteborg. Jedes Mal, wenn wir uns treffen, fragen sie, Erik, wann kommst du zu uns nach Schweden? Bleib doch nicht alleine in Deutschland. Ja, es ist etwas dran, ... seit dem Tod meiner Frau Annett und meiner Lebensgefährtin, befasse ich mich immer stärker mit diesem Gedanken.

Aber, ich habe meine Tochter hier, meinen Enkel, meine Frau liegt begraben auf dem Friedhof am Ort. Ich kann das Grab besuchen und in Gedanken mit ihr reden. Es ist Heimat. Meine Gemeinde, mein Ort, da steht die alte Kirche, in der ich Zwiesprache mit Gott halten kann.

Alles nicht so einfach ... verstehen Sie? Nichtsdestotrotz ... Julia ... Schweden ist eine Reise wert, Sie wären begeistert, Sie lieben doch auch die Natur, dort ist sie noch greifbar, unverbraucht. Den Norden von Deutschland kennen Sie ja schon, aber Dalsland in Schweden ist mehr: Waldbestand mit Birken, Kiefern, Fichten, Espen, Moosen und Flechten, dazu Blaubeeren, Preiselbeeren, frischen Fisch, Schinken, Brot, Kuchen, Zimtschnecken ... alles schmeckt anders, ich meine immer ... es schmeckt – natürlicher. Unterwegssein mit dem Picknickkorb, am Wiesenrain sitzen, essen, trinken ... leben – das ist Leben.«

Erik war fast nicht mehr zu bremsen, hielt an, trank einen Schluck Prosecco, setzte sich zurück und schaute Julia an.

»Jetzt haben Sie mich aber ganz schön neugierig gemacht!«

»Ja, so ist es, wenn man sich mit einem Schweden-Fan einlässt.«

»Soll ich weitererzählen?«, fragte Erik.

»Ja, natürlich, bitte.«

»Nun, wie kommt mein Vater, als Schwede nach Deutschland?«, stellte Erik nun als Frage in den Raum. »Ganz einfach. Mein Vater, damals Ingenieur, arbeitete im Bereich Bremsenmanagement mit einem großen Automobilzulieferer in Stuttgart eng zusammen. Sie machten gemeinsame Bremsversuche auf den zugefrorenen Seen in Nordschweden. Mein Vater lernte Deutsch und bekam eine leitende Stelle angeboten. Er nahm sie an und begegnete etwas später in Stuttgart meiner Mutter. Die großen Gegensätze zwischen Deutschland und Schweden versuchten sie durch Besuche in Dalsland auszugleichen.

Seine deutsche Frau wurde in die Hellström-Familien voll integriert und sie lernte das Land kennen und lieben.

Als ein neuer schwedischer Mitarbeiter in das Bremsenteam kam, fühlte sich mein Vater verpflichtet, ihn zu unterstützen.

Der neue Mitarbeiter Bengt Andersson, wollte seine damalige Verlobte mit nach Deutschland nehmen und mietete in der Nähe vom Haus meines Vaters eine Wohnung. Das junge Paar heiratete in Schweden traditionell. Bengt brachte dann seine junge Frau Britta ins Schwabenland mit. Mein Vater und meine Mutter nahmen sich des jungen Paares an und machten sie mit den deutschen Gegebenheiten vertraut und übersetzten, wenn es nötig war.

Wir wurden Freunde. Damals, auch ich war frisch verheiratet und wohnte im Nachbarort mit meiner Frau Annett. Es war alles räumlich zusammen, im Umkreis von einigen Kilometern konnten wir uns erreichen. Wir, die jungen Paare unternahmen viel zusammen und dann im Sommer ging es in den Ferien gemeinsam nach Schweden.

Wir waren jung, voller Tatendrang, bereit beruflich weiterzukommen. Bengt bei seiner Firma, ich im Vertrieb. An manchen Wochenenden luden wir uns gegenseitig ein und bei unseren Gesprächen kamen wir immer wieder auf das Thema Umwelt zu sprechen.

Alle, die am Tisch saßen, kannten die herrliche Landschaft von Schweden, das große unverbrauchte Land und dann als Gegensatz unser jetziges Umfeld der Großraum Stuttgart, dicht besiedelt, stark befahrene Straßen, feinstaubbelastet, war ein Diskussionspunkt.

Ich sagte zu Bengt: »Das Engagement eures Konzerns, die Autos mit einem Optimum an Technik auszustatten: Fahrverhalten, Bremsbereitschaft, ABS, Airbags, ESP, verleitet doch immer mehr, noch schneller zu fahren, kann dies das Ziel sein?«

Natürlich korrigierte mich Bengt sofort und erklärte, dass es durch die Optimierung auch weniger Unfalltote gäbe, denke man alleine an den Sicherheitsgurt und die Airbags.

Lange saßen wir und diskutierten, wir beide, er und ich, die Frauen hatten sich längst zurückgezogen, hatten ihre eigenen Gespräche.«

* * *

Erik schaute auf die Gläser, die inzwischen leer waren.

Julia machte den Vorschlag, noch zusammen durch die Stadt zu bummeln.

Immer wieder zog es die Menschen an milden, warmen Abenden zum Marktplatz, dieses südländische Flair lockte die Leute an. Die malerische Kulisse hatte was für sich, der große, freie rechteckige Platz und die beiden gegenüberstehenden Kirchen.

Julia hatte spontan das Bedürfnis in eine der Kirchen zu gehen, um eine Kerze anzuzünden.

Erik fragte: »Ist Ihnen danach?«

»Ja«, sagte sie, »es ist mir ein Anliegen dies zu tun, weil es mir gutgeht, ich gesund und zufrieden bin, bald meinen Abschluss habe und das ganze Leben vor mir liegt.«

Sie gingen zur Dreieinigkeitskirche. Diese war offen. Innen konnte man gegen eine kleine Spende ein Teelicht kaufen.

Julia zündete es an, stellte das kleine Licht zu den anderen. Sie blieb stehen, legte die Hände übereinander, senkte den Kopf. Erik ging langsam zum Ausgang zurück, ließ sie alleine mit ihren Gedanken und ihrem Gebet. Er wartete draußen. Als sie kam, ging sie langsam neben ihm her, ohne etwas zu sagen. Julia war ruhig geworden.

»So still?«, fragte Erik.

»Ja, ich muss mich entschuldigen, für das, was ich vorhin gesagt habe ... ich hätte das ganze Leben noch vor mir.
Es ist unfair Ihnen gegenüber.«

»Aber das stimmt doch«, erklärte Erik, »ich habe das ganze Leben bis auf die paar Jahre, die mir vielleicht noch bleiben, gelebt.
Und wenn ich zurückschaue, war es gut, bis auf den zu frühen Tod von Annett und meiner Lebenspartnerin. Ich wüsste nicht, was ich hätte besser machen sollen.«

»Aber nun sind Sie allein.«

»Alleine bin ich nicht, manchmal einsam, ... vielleicht. Jetzt im Moment bin ich weder einsam noch allein. Sie, ... als hübsche junge Frau, sind nicht zu übersehen«, bestätigte er lachend.

»Haben Sie noch Lust auf ein Eis?«, fügte Erik an, »dort ist ein Eiscafé.«

Julia bestellte sich einen Eiskaffee und er einen Espresso.

»Was haben Sie eigentlich beruflich gemacht? Ach, ja, ... ›Vertrieb‹ das sagten Sie.«

»Ja, ich ging zu einem Verlag, einem Schulbuchverlag in Stuttgart und war für den Außendienst als Leiter verantwortlich. Ich wollte nicht wie mein Vater und meine Freunde mit Autos zu tun haben.
In den Schulbüchern sah ich meine Aufgabe, den Kindern etwas Brauchbares an die Hand zu geben. Ich bereiste Deutschland, präsentierte Bücher, las auch mal in der Grundschule Geschichten vor. Ich wollte so die Lehrer davon überzeugen, das eine oder andere Buch zu bestellen, besuchte Buchmes-

sen, stand vor unseren Ausstellungsregalen und erklärte den Fragenden Sachverhalte.

Dann kam das Internet, die Verlage richteten Homepages ein, erklärten dort über die Medien ihren Fundus. Der Außendienst wurde reduziert, ich schaffte es gerade noch, einer Kündigung zu entgehen, indem ich pünktlich mit 65 Jahren in den Ruhe stand ging – bedauerlich für meine jüngeren Kollegen. Ich habe meinen Beruf gerne ausgeübt, er forderte mich, ich musste dranbleiben um den Anschluss nicht zu verpassen. Ich musste lernen, mit dem Computer umzugehen, am Schluss lief alles online, Bestellungen, Planzahlen, Reklamationen, Wünsche und vieles mehr.«

Erik sah auf Julia und in ihre fröhlichen Augen, diese verrieten Zufriedenheit. Es war wieder eine der Situationen, wo er glaubte, er gehöre zu den Menschen, die aus den Augen die Gefühle ihrer Mitmenschen lesen können.
Daraufhin sagte sie: »Es ist gut, dass es Sie gibt und ich Ihnen begegnet bin.«

Erik schaute verlegen nach unten und bezahlte.

Noch lange zehrte er von den Gesprächen und Julias Anwesenheit.

8

Erik wurde über die Treffen mit Julia nachdenklich, hatte er doch ein etwas schlechtes Gewissen. Was würde seine Tochter zu diesen Begegnungen mit Julia sagen? Er hatte noch nicht den Mut, ihr das mitzuteilen, denn er wusste – es würde schwierig werden. Doch Kristina war es bereits aufgefallen – das etwas aufgekratzte Verhalten ihres Vaters. Ab und zu trafen sie sich zum Frühstücken am Marktplatz und es blieb nicht aus, dass sie Erik darauf ansprach.

Seit dem Tod ihrer Mutter festigte sich ihre Beziehung zunehmend. Es fand ein Austausch auf der Ebene Vater-Tochter statt, mit allen Sorgen und Bedürfnissen. Anders wie damals, er als alleinstehender Vater, der die Tochter zu schützen versuchte. Er machte ihr vor, wie gut er mit der Situation zurechtkam, zeigte ihr, wie er die Waschmaschine und die gewaschene Wäsche beherrschte, wie er für sich Essen zubereiten konnte und wie er sein neues, nun anderes Leben gestaltete. Wenig Worte über Traurigkeit, Einsamkeit und Alleinsein. Doch das hatte sich geändert.

Heute sprachen sie öfters darüber, wie sehr ihr die Mutter und ihm die Frau fehlte. Beide zeigten Nähe und gegenseitiges Mitgefühl. Sie kannte ihren Vater, er konnte keine Geheimnisse verbergen, ohne dass sie nicht dahinterkam. Nur diesmal hatte sich Erik mit dem Bekenntnis, Julia immer wieder mal zu treffen, noch zurückgehalten. So bekam Kristina von einer Freundin den scheinbar belanglosen Hinweis, sie hätte ihren Vater mit einer jungen blonden Frau im Bistro gesehen.
Nun kam es also zur Sprache.

Erik verteidigte sich, entkräftete den angeblichen Vertrauensbruch mit der Begründung, ich dachte, das erledigt sich von selbst. Natürlich wusste er, dass seine Tochter ihn vor Enttäuschungen schützen wollte.

Es war für ihn schwierig, Kristina zu erklären, dass diese junge Frau für ihn nun doch mehr bedeutete, als zuerst angenommen. Auch stellte sie sich vor, dass hinter dieser Beziehung mehr war. Wieder versuchte Erik sich zu rechtfertigen, was ihn so bei dieser Studentin beeindrucken würde, sei nicht leicht zu erklären. Für ihn und Julia, so hieße die Studentin, sei er nichts weiter als ein guter väterlicher Freund. Ja, das stimme, er habe an einem Interview der Filmakademie teilgenommen und sei auch mit ihr im Konzert gewesen, habe ihr von Schweden erzählt, vom Tod seiner Frau und dass er jetzt Witwer sei. Sie habe ihm zugehört, wie sonst keine junge Frau es tat, nämlich – mit allen Sinnen – ihm, einem alten Mann! Und plötzlich war in seinem Leben jemand, der ihn wertschätzte, ihn so nahm, wie er war, ihn teilhaben ließ an ihrem studentischen, jungen Leben, für ihn etwas ganz Neues, Unbekanntes. Und dann entdeckte er, ja spürte es, dass es mehr war, als nur reden und zuhören, es ginge etwas von ihr aus, was er schwer erklären könne.

Seine Tochter lehnte sich zurück. Zeigte ihm so, dass sie das nicht alles gelten lassen wolle. Erik, sichtlich bemüht, sie zu beruhigen, fragte, ob sie schon mal etwas von ›Seelenverwandtschaft‹ gehört habe. Sie schaute ihren Vater an und sagte: »Ich wusste nicht, dass du jetzt bei den Esoterikern gelandet bist.«

Das Gespräch ging hin und her und als Kristina aufbrach, Hendrik von der Schule abzuholen, nahm Erik sie in die Arme und versprach: »Ich würde nichts tun, was mir und der Familie Schaden oder Leid zufügt, vertraue mir.«

Noch im Weggehen rief sie ihrem Vater zu: »Ich möchte Sie kennenlernen, ich habe ein Recht darauf.«

Was für ein Durcheinander, diese doch harmlose Geschichte, bläht sich zu einem Orkan auf, waren seine Gedanken. Doch hatte Kristina ein Recht darauf, zu wissen, wer sich in das Leben ihres Vaters einmischte? Ihn vielleicht benutzte? Mit wem er seine Zeit verbrachte? Und dann diese absurde Geschichte mit der Seelenverwandtschaft!

***

Nach dem Gespräch mit seiner Tochter fühlte sich Erik nicht gut. Er spürte die Spannungen, die zwischen ihnen lagen. Vielleicht war es Eifersucht, doch dazu hatte sie überhaupt keinen Grund. Kristina – hübsch, eine wunderbare Person, stand mit beiden Beinen fest auf dem Boden, hatte einen liebevollen Mann und einen Jungen, der allen viel Freude machte. Sie war eine Kämpferin, setzte sich für die Umwelt, für allgemeine Gerechtigkeit oder wo Not war hundertprozentig ein. Neben dem Ehefrau- und Muttersein hatte sie einen Teilzeitjob und dadurch ihr eigenes, zwar ein bescheidenes, aber ihr selbstverdientes Geld. Ihre freundliche, kommunikative Art machte es ihr leicht, auf Menschen zuzugehen.

Gut, dachte Erik, sie hatte gesagt, sie wolle Julia kennenlernen, dann soll es so sein. Erik informierte Julia über das Handy, berichtete ihr was vorgefallen war, dass seine Tochter ein Treffen wünsche. Den Vorschlag, sich am kommenden Samstag zum Frühstück im Bistro zu treffen, nahm sie an und auch Kristina war damit einverstanden. Erik reservierte einen Tisch für drei Personen im Nebenraum; dort konnte man sich etwas ungestörter unterhalten. Zuerst überlegte er sich, wie dieses Gespräch wohl enden würde? Er wischte die Gedanken schnell weg. Wie auch immer es ausgeht, er konnte daran nichts ändern.

Kristina hatte Erik im Auto mitgenommen. Der kurze Fußweg zum nahen Lokal erfolgte locker, sehr entspannt, aber ohne große Worte. Sie nahmen Platz im Nebenraum. Nach einigen Minuten kam auch Julia. Die beiden jungen Frauen nannten ihre Vornamen und waren gleich per *Du*. Erik bestellte für alle ein Frühstück und zum Trinken Latte macchiato, Cappuccino und schwarzen Kaffee.

Ein ruhiges Gespräch entwickelte sich, auf viele Fragen – folgten viele Antworten, kein Aufkommen von Neid, Misstrauen oder Missgunst.

Erik war beruhigt. Julia beneidete Kristina, die schon als junges Mädchen in den Ferien mit ihren Eltern nach Schweden durfte und so das Land kennenlernte.

»Ja, dein Vater, also Herr Hellström, schwärmte mir in einem Gespräch von der Schönheit des Landes vor«, erwähnte sie.

Viele Dialoge liefen über die jungen Frauen. Erik, etwas außen vor, lehnte sich zurück und beobachtete die beiden. Kristina mit braunen Haaren, Julia blond und doch hatten die beiden vom Gesichtsausdruck her, eine gewisse Ähnlichkeit. Schnell verdrängte er diesen Gedanken.

Erik erleichtert, nun in den Augen seiner Tochter nicht als der alte, senile Verführer und Julia nicht als die berechnende, umgarnende Liebende zu gelten.

Beim Abschied, bemerkte Julia noch, sie möchte auch einmal Hendrik kennenlernen und Kristinas Mann.

Auf der Heimfahrt kam Kristina noch einmal kurz auf die Begegnung zurück. Sie sei überrascht, wie gut sie sich mit Julia unterhalten habe. Es sei, als würden sie sich schon lange kennen.

9

Einige Tage später erhielt Erik Post. Er öffnete den Brief und las:

Sehr geehrter Herr Hellström,

Wir haben gemeinsam etwas zu feiern! Unser Beitrag: ›Droht eine Altersarmut in Deutschland?‹ ist vom Sender angenommen worden und wir laden Sie und die anderen Beteiligten zu einer Preview in die Filmakademie herzlich ein.

Wann: Donnerstag, 12. Juni, um 19.30 Uhr
Wo: Medienraum der Filmakademie,
*   Eingang Mathildenstraße*

Die Film-Dokumentation dauert ca. 30 Minuten, davor werden noch einführende Worte vom Leiter für Film und Medien von der Filmakademie und dem Referatsleiter Dokumentarfilm des Funkhauses in Stuttgart gesprochen.
Anschließend ist ein warm-kaltes Buffet nebenan im »Blauen Engel« vorgesehen.

Wir würden uns freuen, Sie begrüßen zu dürfen, und bedanken uns nochmals für Ihr Engagement.
Bitte geben Sie uns Bescheid, ob Sie teilnehmen können. Vielen Dank!

Mit freundlichen Grüßen

Filmakademie für Film und Medien

Erik wusste dies alles schon von Julia, nur Tag und Uhrzeit fehlten noch. Am nächsten Morgen rief er an und bestätigte seine Teilnahme.

Am Eingang zum Medienraum begrüßten ihn Julia, Sandra, die Semesterleiterin und die Befragten aus der Dokumentation.

Die Stimmung war heiter, letztendlich gab es etwas zu feiern. Der Professor griff zum Mikrofon. Er lobte das Engagement aller, sagte Vieles und Gutes ... dann reichte er das Mikro an den Referatsleiter des Senders weiter. Auch er gratulierte dem Team der Filmakademie, die wieder einmal als Top-Institution ihrem guten Ruf alle Ehre gemacht habe. Dank und Anerkennung wechselten sich ab. Letztlich gab er das Signal, den Film zu starten. Gespannt warteten die Zuschauer auf die Präsentation. Der Beitrag war informativ, durch das Schneiden der Szenen lebendig, vom Inhalt her mitnehmend und glaubhaft. Alle applaudierten, als der Abspann lief. Ein erhabenes Gefühl, nun den eigenen Namen zu lesen:

Ein Film des Abschluss-Semesters für Film und Medien der Filmakademie und in Kooperation mit dem Funkhaus Stuttgart, Abt. Fernsehen.

Regie:	*Isabel Scholz M. A.*
Regieassistenz:	*Julia Hansen*
Sprecher:	*Sandra Müller*
Kamera I:	*Marc Schneider*
Kamera II:	*Benno Meister*
Tontechnik:	*Claire Förstner*
Lichttechnik:	*Alexander Kleine*
Animation:	*Frank Glaser*
Sound Effects:	*Klaus Michel*
Technik allgem.:	*Felix Lange*

Musikalische Bearbeitung:
Paul Schweitzer
... und Teilnehmern aus der Region

Es folgte ein lockerer Ausklang bei Gesprächen, Getränken und leckerem Essen im ›Blauen Engel‹.

Julia war glücklich, eine große Hürde übersprungen und ihrem Berufsziel näher gekommen zu sein. Erik unterhielt sich noch mit der Leiterin über die nächsten Projekte. Zufrieden erzählte sie, dass ein weiterer Auftrag über die *Bertelsmann-Stiftung* vorliege, es ginge um gesunde Ernährung in Kindertagesstätten und Schulen. Ein interessantes und wichtiges Thema, stellte Erik fest und gab ihr zu verstehen, dass er sich verabschieden wollte. Julia reichte ihm die Hand:

»Vielen Dank nochmals«, sagte sie.

»Gern geschehen«, erwiderte er, »war mir eine Freude mitzuwirken.«

Sie nahm ihre Hand zurück, um in ihrer Tasche etwas zu suchen, brachte eine DVD hervor und gab sie Erik mit den Worten:

»Eine Beleg-DVD von unserer Dokumentation, wenn Ihnen danach ist, an mich zu denken, wäre es eine Hilfe, ... visuell, meine ich.«

Erik sichtlich erstaunt. Mit diesem Geschenk und der Erklärung hatte er nicht gerechnet.

»Vielen Dank«, ... mehr konnte er nicht sagen.

Er spürte es und so sah es auch aus, hier an dieser Stelle würden sich nun ihre Wege trennen. Würde er sie jetzt aus den Augen verlieren? Gerade als Erik gehen wollte, fügte Julia hinzu:

»Darf ich Sie noch zu meiner Abschlussfeier in vier Wochen einladen?«

»Wenn es Ihnen so wichtig ist, dass ich komme, gerne«, fügte Erik an.

»Ja, es ist mir wichtig, dass Sie dabei sind.«

»Dann würde ich mich über eine Einladung sehr freuen.«

»Schicke ich Ihnen zu, alles Gute, bis demnächst.«

»Danke, wünsche ich auch.«

Erik drehte sich an der Tür nochmals um. Sie stand da und hob ganz kurz die Hand.
Eriks spontane Gedanken: Unglaublich, was sich in der letzten Zeit in seinem Leben alles ereignet hatte.

Dann steckte er die DVD ein.

Es war einer dieser lauen Frühsommerabende, mild und um diese Zeit noch hell.

Als er unter der Lindenallee zum Auto ging, spürte er in der Nase diesen süßen, fast aufdringlichen Duft der Blüten, scheinbar unwiderstehlich für einige Bienen, die jetzt noch unterwegs waren.

10

Erik, wieder den alltäglichen Dingen zugewandt, dachte in gewissen Momenten an Julia. Er ging vor kurzem über den Marktplatz und er sah in der Erinnerung, Julia mit der brennenden Kerze in der Kirche, sah ihr andächtiges Meditieren. Es waren Bilder, die sich bei ihm eingeprägt hatten, Bilder, die ihn bewegten, die bei ihm das Herz öffneten.

Sie lösten eine Verbundenheit aus, als gehöre diese Person zur Familie, ja vielleicht eine weitläufige Verwandte oder Ähnliches. Der Gedanke daran überforderte ihn und er konnte und wollte nicht weiter darauf eingehen.

***

Die Gespräche über Schweden erinnerten Erik, dass bald wieder Mittsommer *(Midsommar)* in Schweden war. Nach Weihnachten eines der wichtigsten Feste in Schweden. Da der Sommer in Schweden kurz ist, im Norden des Landes geht die Sonne im Juni überhaupt nicht mehr unter und auch in südlicheren Landesteilen die Nächte kaum dunkel werden, ist das dann die Zeit zu feiern. Erik hatte mit seinen Eltern und den Eltern der Vettern, viele Male Mittsommer gefeiert. Es war die Zeit sich zu treffen. Heute, da die Eltern nicht mehr da waren, übernahmen die Restfamilien diesen Brauch. Die vielen Leute fanden in dem großen Sommerhaus nicht immer Platz, so wurden auch die Nebengebäude, die früher die Räume der Bediensteten waren, als Übernachtungsmöglichkeit hergerichtet. Das alte Sägewerk am Stora Le-See, längst von den Hellströms aus wirtschaftlichen Gründen aufgegeben, wurde zum Fest- und Tanzplatz umfunktioniert.

Innen mit Girlanden, jungen Birkenstämmchen, Blumen und bunten Tüchern geschmückt, spielten abends die Spielleute zum Tanz auf. Zuvor aber wurde mit traditionellen Liedern und Tänzen um den Midsommar-Baum *(majstången)*, der vor dem Platz beim Sommerhaus stand, der Höhepunkt der Sonnenwende dann ausgelassen gefeiert. Alle hatten sich herausgeputzt: Erik und seine Cousins und deren Frauen legten ihre Trachten an, Frauen und Mädchen trugen weiße oder geblümte Kleider und selbst gebundene Kränze aus Zweigen und Blumen im Haar. Natürlich kam das Essen auch nicht zur kurz. Es war auf langen, weiß gedeckten Tischen im alten Sägewerk angerichtet. Die typische Speisenfolge, ... die Frauen achteten sehr darauf, ... waren verschiedene Arten eingelegter Heringe der *sill*, mit jungen Kartoffeln und frischem Dill, sowie Sauerrahm und rohen roten Zwiebeln. Oftmals ergänzt durch gegrillte Rippchen oder Lachs, garniert mit hartgekochten Eiern und zum Nachtisch kamen die ersten Erdbeeren des Sommers mit Sahne auf den Tisch. Kaffee, auch beliebt, wurde üblicherweise mit kleinen Gebäckstücken angeboten. Als eine Art Wettbewerb unter den Frauen galt, dass man mindestens sieben Sorten Kekse oder Kuchen zum Kaffee reichen sollte.

Dabei durfte die ›Schwedische Zimtschnecke‹, die *Kanelbulle,* eines der bekanntesten und beliebtesten Gebäcke des Landes, nicht fehlen.

Für die traditionellen Getränke hatten die Cousins immer gut gesorgt, gekühltes Bier und Schnaps. Nach jedem erneuten Füllen der Gläser begannen die beliebten Trinklieder von neuem.

Als die Großväter noch lebten, erzählten sie den Kindern viele Legenden, die sich um den Midsommar-Tag rankten. So sollen die ledigen, heiratsfähigen Mädchen am Ende des Fests auf ihrem Weg nach Hause über sieben Weidezäune steigen und sieben verschiedene wilde Blumenarten pflücken und diese beim Zubettgehen unter ihr Kopfkissen legen. Nachts, so sagten die Großväter, erscheine ihnen dann ihr zukünftiger Ehemann im Traum. Doch nur, wenn sie beim Pflücken absolut still waren und niemandem am nächsten Tag von ihrem Traum erzählten, ginge er in Erfüllung.

Erstaunlich, dass dieses Fest der Schweden, selbst in der heutigen Zeit, an Zauber und Nostalgie nicht verloren hat.

So dachte nun auch Erik, dass es an der Zeit sei, wieder einen Mittsommer in Schweden zu verbringen. Zum Studien-Abschlussfest von Julia würde er wieder zurück sein.

Ein kurzes Telefonat mit Nils, dem Vetter in Göteborg, bestätigte Eriks Vermutung, dass die Hellström-Familien auch in diesem Jahr den Mittsommer in Jaren verbringen würden. Das Buchen über Internet bei der Fluglinie war für Erik nichts Besonderes, er hatte dies schon öfters getan. Noch abgesprochen wurde mit Nils Eriks Ankunft in Göteborg. Er nahm ihn von dort aus im Auto mit.

Es war ein Hallo und Hej, als sie am Donnerstag vor dem Mittsommer-Wochenende eintrafen. Die bereits Angekommenen der Restfamilie hatten schon begonnen, Zweige und Blumen zu Kränzen zu binden, um den Mittsommerbaum zu schmücken, der dann auf dem freien Platz vor dem Sommerhaus aufgestellt wurde. Alle Hände waren bei der Arbeit, um die Vorbereitungen bis zum Samstag zu schaffen. Jeder wusste, wo er anpacken musste.

Erik suchte mit seinem Neffen Ole im nahen Wald Holz für das Mittsommerfeuer. Abends gab es ein schwedisches Vesper, Lachs, Heringe, Brot, Kuchen und Kaffee, nicht zu viel, denn das große Essen wartete ja morgen auf sie.

***

Erik hatte herrlich geschlafen, die frische Luft, der Kontakt zu den ihm vertrauten Menschen und das Bewusstsein, dass dieses Sommerhaus für alle Hellströms und ihre Freunde ein Treffpunkt für ihre Feste ist, aber auch ein Ort der Stille und des Rückzugs sein konnte.

Der Blick vom Haus zum See glich einem Gemälde.
Der See dunkelblau, der Himmel getaucht
in ein helles Blau mit weißen Wolken.
Ruhig die Seeoberfläche.
Nichts war störend.

Wie immer wurde es ein fröhliches Fest. Manchmal, als Erik die Cousins mit ihren attraktiven Frauen sah, wurde er schon etwas nachdenklich. Auch Britta, Bengts Frau, die er nun schon über Jahre kannte, die Freundin seiner Frau Annett, fiel ihm auf und er dachte, wie bezaubernd sie noch für ihr Alter ist. Die ganzen Jahre, auch nach dem Tod seiner Frau, wäre es ihm nicht in den Sinn gekommen, sich dieser Frau auch nur ansatzweise zu nähern. Die Freundschaft zu Bengt und Britta war ihm wichtig, konnte er doch mit ihnen über seine verstorbenen Frauen sprechen. Es tat ihm gut, gemeinsame Erlebnisse auszutauschen, von ihnen zu hören, wie er und seine Frau sich ergänzten. Britta und Bengt durchlebten damals mit Erik die Trauer. Und als seine neue Lebensgefährtin auch starb, gaben sie ihm wieder Halt und Mut. Sie waren immer da, wenn er sie brauchte. Sie trafen sich regelmäßig. Es gab nichts, über das man nicht reden konnte.

Auch als Erik neulich ihnen über die Begegnungen mit Julia berichtete, war Britta etwas erstaunt, fragte, was daraus werden sollte. Sie spürte, wie stark Erik von Julia beeinflusst und gefesselt schien oder vielleicht noch war. Beide Freunde konnten nicht nachvollziehen, dass Erik diesen Kick von der jungen Studentin brauchte. Er wirkte immer so ausgeglichen und nun diese neuen Lebensgefühle!

Als Britta vor einiger Zeit ihm etwas aus dem Supermarkt mitbrachte, sprach sie ihn nochmals darauf an.

Erik versuchte sich zu rechtfertigen, er wisse noch nicht, was ihn so bei Julia beeindrucke, es sei nicht leicht zu erklären. Er habe sich mit Julia ausgesprochen, er sei für sie ein guter väterlicher Freund, nicht mehr.
»Und bitte Britta«, fuhr er fort, »ich kenne dich nun seit vielen Jahren, du bist mir eine gute liebe Freundin, ich schätze dich, dein Mann ist mein bester Freund und deshalb verschone mich mit diesen unbegründeten Unterstellungen, als sei ich ein seniler Alter.

Britta nahm ihn in die Arme: »Wir wollen nur nicht, dass du von irgendjemandem verletzt wirst, dazu bist du uns zu wichtig, zu wertvoll.«

Es waren Worte, die Erik lange nicht mehr gehört hatte, vielleicht von Julia, die jetzt in Ludwigsburg bald ihr Studium beendete.

11

Nach dem Fest blieben die Verwandten noch einige Tage in Dalsland. Es wurde viel erzählt und gelacht. Eines Abends saßen noch Lars, Nils und Erik im kleinen gemütlichen Bücherzimmer zusammen und tranken Rotwein.

Lars fing an: »Erik, selbst hier in Jaren wird getratscht und ich wollte dich direkt ansprechen und fragen, was daran ist, mit dieser Julia.«

Erik etwas überrascht und leicht aufgebracht: »Vor kurzem hatte ich schon zuhause mit Kristina und Britta ein ernstes Wort über dieses Thema verloren und ihr jetzt auch noch!

Ja, ... ich kenne eine Julia. Vor einigen Wochen gab es ein gemeinsames Projekt an der Filmakademie, wo ich mitmachte bei einem Interview. Weiter nichts. ...
Ja, ich war oder ich bin noch von dieser jungen Frau beeindruckt, von ihrer Ausstrahlung, ihrer Fröhlichkeit, ...
Mensch Leute, ... was wollt ihr eigentlich von mir, ...
ich bin doch alt genug, selbst zu entscheiden.«

Erik fühlte sich in die Enge getrieben.

»Da fällt mir ein, ich habe einen Beweis dabei«, rief er erleichtert, »einen Trailer, einen Mitschnitt aus dem Interview, wenn ihr wollt, könnt ihr euch das ansehen!«
Nils holte seinen Laptop. Die beiden Vettern setzten sich so davor, dass der Bildschirm wie im Kino optimal zu sehen war. Erik legte die CD ein. Der Film startete. In bester Wiedergabequalität verfolgten die Cousins das Geschehen.

»Gute Doku«, meinten Nils und Lars.

»Nicht schlecht!«, waren ihre Kommentare am Ende des Films.

Eine plötzliche, lange Pause – keiner wagte etwas zu sagen, kündigte an, dass jetzt noch etwas Wichtiges kommen musste.

Dann unterbrach Lars die Stille: »Bitte, entschuldige Erik, unser aller Anfeindungen wegen Julia, diese waren ungerecht und ich muss dir sagen, ein außergewöhnlich hübsches Mädchen, intelligent, – ja, zu intelligent um nicht zu wissen, was von einem älteren Herrn zu erwarten wäre. Und ich muss dir weiter sagen, es geht mir wie dir, irgendetwas kommt mir an ihr bekannt vor. Es ist, als hätte ich diese Julia schon einmal gesehen.«
.... Sie schauten ihn fragend an, als hätte er einen Scherz gemacht.

»Nein, nein, ... nicht *diese* Julia im Film, sondern eine Person, die ihr ähnlich sieht. Aber ich komme nicht darauf, wie, was und in welchem Zusammenhang das war. Lars überlegte.

Erik überbrückte das Schweigen mit einem spontanen Spruch:

»*Lasst uns anstoßen, auf die Frauen, die uns das Leben bereichern und uns manchmal Rätsel aufgeben.*«

Beim Frühstück, als alle vereint waren, erzählte Lars von der späten Herrenrunde und von dem ominösen Mädchen Julia. Des Weiteren habe er sich die ganze Nacht mit dieser Julia auseinandergesetzt oder mit der Person, die ihr ähnlich sehen soll. Es sei so gegen halb vier gewesen, sagte er, da erinnerte er sich an ein Porträt-Ölgemälde im Wohnzimmer seines Urgroßvaters. Ihm, damals noch ein junger Bub von sechs oder sieben, fiel ihm wieder das Bild ein, das eine hübsche junge Dame darstellte, nämlich Urgroßvaters junge Frau Sofia, blond, mit strahlend blauen Augen und mit Grübchen in den Wangen.

Erik fiel das Messer aus der Hand.

»Nein, das gibt es nicht, das kann nicht sein«, rief er in die Runde. Erik völlig aufgelöst: »Und ich wusste es doch, dass es einen Zusammenhang zwischen Julia und den Hellströms gibt. Ich spürte es.«

Nils hatte aus dem Kühlschrank eine Flasche Champagner geholt, seine Frau die Gläser und mit lautem Knall flog der Korken an die Decke.

»Auf die Hellströms und Julia!«, Skål! prosteten sie sich zu.

Für Nils, den Rechtsanwalt und Ahnenforscher in der Familie, war klar, Julia musste aus der Linie der Urgroßmutter stammen. Vielleicht hatte die Urgroßmutter eine Schwester, von der Julia abstammen könnte. Es war allen bewusst, dass es noch etwas zu recherchieren gab.

In einer ruhigen Minute, als Erik im Freien in der Nähe des Mittsommerbaums saß, in Gedanken versunken, schüttelte er immer wieder den Kopf ... es gibt sie noch, diese seltsamen Überraschungen im Leben. Eine Laune der Natur war der Schöpfer dieser unglaublichen Geschichte. Er konnte sich das nur so erklären: Die Gene der Urgroßmutter, die DNA für Augen, Haare und für die Gesichtsmimik verantwortlich, hatten sich über mehrere Generationen versteckt gehalten, um dann bei Julias Zeugung wieder zu erscheinen und zwar im Ebenbild ihrer Ururgroßmutter.
Ein seltsames Ereignis? ... Vielleicht? ...

Auch er war nicht blond, wie seine Vorfahren und sein Vater, sondern die Gene seiner braunhaarigen Mutter und ihre braunen Augen hatten sich bei ihm durchgesetzt. Deshalb nannten seine Vettern ihn auch manchmal ›den Braunen‹, was ihm aber gar nicht gefiel, erinnerte der Begriff doch mehr an ein Pferd.

12

Um Julia über die bei den Vettern gewonnenen Abstammungsnachweise aufzuklären, wollte Erik warten, bis er wieder zuhause war.

Als er ins Wohnzimmer trat, hatten die Nachbarn einen größeren Stapel von Post auf den Schreibtisch gelegt. Er schaute sie schnell durch, fand eine Einladung von Julia zu ihrer Abschlussfeier, die in zwei Wochen sein sollte. Am anderen Tag wählte er ihre Nummer, berichtete, dass er wieder gut angekommen sei. Er bedankte sich für die Einladung und bestätigte die Teilnahme. Auch fragte er sie, wie es mit den letzten Prüfungen gegangen sei. Julia klang fröhlich und zufrieden.

»Alles gut, alles bestens. Wir sind schon in der Akademie von den Dozenten verabschiedet worden bei einer kleinen Feier. Die Akademie liegt nun hinter mir. Ein neuer Lebensabschnitt fängt an.«
Auf die Abschlussfeier freue sie sich, auf ihre Eltern, ihren Bruder und auch auf Onkel und Tante aus Stuttgart. Sie alle wollen auch diesen Erik Hellström persönlich kennenlernen.

»Ich habe viel von Ihnen erzählt und außerdem den Trailer unserer Dokumentation geschickt.«

»Das habe ich mir schon gedacht, gut, dass ich alle treffe, ich hätte nämlich eine familiäre Überraschung.«

Mehr wollte er jetzt nicht dazu sagen.

Erik notierte im Kalender, Samstag, 12. Juli, 19.30 Uhr, Kronprinzensaal neben dem Ratskeller.

***

Nils wollte es wissen. Gleich nach dem Bekanntwerden der Geschichte von Julia und ihrer Ururgroßmutter versuchte er im Landesarchiv von Göteborg Daten zu bekommen.

Er war als Rechtsanwalt dieser Behörde bekannt, hatte einige Male für Zeugenaussagen dort Akteneinsicht erhalten. Mit einem Telefonat kündigte er seinen Besuch an. Über seinen Urgroßvater Gustaf Alexander Hellström kam er weiter. Gustaf Alexander Hellström hatte eine Sofia Karlsson geheiratet und diese hatte eine Zwillingsschwester namens Elsa. Elsa Karlsson bewarb sich als Außenhandelssekretärin, kurz nach Sofias Heirat mit Gustaf, beim Schwedischen Außenhandelskontor in Hamburg und bekam diese Stelle. In Hamburg lernte sie den Kaufmann Klaus Wilhelm Hansen kennen, den sie auch heiratete. Weiter war die Recherche nicht zu verfolgen. Nils berichtete dies abends Erik in einem Telefonat. Der hatte sich so etwas schon gedacht. Auch die Theorie mit den versteckten Genen konnte Nils nachvollziehen.

13

Kronprinzensaal, Abschlussabend. Der Raum war festlich geschmückt, fast wie bei einer Hochzeit, die Tische weiß gedeckt, die bunten Blumenarrangements, alles wirkte feierlich. Erik sah Julia von weitem. Sie hatte wieder das nachtblaue Kleid vom Konzertbesuch an, die blonden Haare abermals hochgesteckt, stand sie neben ihrer Familie. Erik ging unbefangen auf die Gruppe zu, begrüßte alle, indem er sich gleichzeitig vorstellte: So war doch mehrmals zu hören: »Ah ... Sie sind nun Herr Hellström.« Erik konnte sich gerade noch beherrschen, als er sagen wollte, und nun ... überrascht oder enttäuscht? Als alle ihre Plätze eingenommen hatten, begann die Feier.

Paul Schweitzer, der für die musikalische Bearbeitung in der Dokumentation verantwortlich war, spielte eine eigene Interpretation über das Leitmotiv des Films, eine einfühlsame Melodie auf dem Flügel. Es passte zum Programm und zur anstehenden Feier. Der Professor trat ans Rednerpult. Was nun gesagt wurde ... Lob, Dank, Anerkennung ... in bedeutsame Worte gefasst, kannten die meisten Zuhörer von anderen Rednern.

Im Mittelteil erfolgte die Aushändigung der Diplome und Benennung der Preisträger. Julia Hansen schloss mit *summa cum laude* ab, war die Beste in ihrem Studiengang »Film und Medien« und erhielt als:

1. Preis – **Klaus Friedemann** [1] – fünf Tage am Set begleiten, dabei sein beim Dreh einer seiner neuesten Filme (geplant in Berlin).

   [1] **Klaus Friedemann** (* 20. Mai 1962 in München) ist ein deutscher Regisseur, Schriftsteller und Filmproduzent. Seine gelungenen Filmkomödien (1990) und (1994) machten ihn in Deutschland sehr bekannt.

Als Beste ihres Semesters trat nun Julia ans Rednerpult. Sie hatte sich wieder einmal gut vorbereitet und trug eine kurze, aber sehr mit Detailwissen angereicherte Rede vor. Ihre Satzfolge, bis ins Kleinste überlegt und ihre Stimme klar und deutlich, fesselte die Zuhörer. Zum Schluss fügte sie noch eine Bemerkung des verstorbenen amerikanischen Filmproduzenten *Alan A. Armer* an:

>*Der Regisseur ist Vater und Mutter, Priester, Psychologe, Freund, Autor, Schauspieler, Photograph, Kostümbildner, Elektronikfachmann, Musiker, graphischer Künstler und spielt noch ein Dutzend andere Rollen*«.

Zum Abschluss gab es wieder von Paul Schweitzer einfühlsame Melodien auf dem Flügel zu hören.

Dann wurde zum Buffet gebeten. Endlich die Gelegenheit, sich mit der Familie zu unterhalten und vertraut zu machen, dachte Erik.
Es ergab sich nun die Möglichkeit, beide Schwestern am Buffet zu treffen.

Erik hätte allzu gerne mit ihnen gleich über die Erkenntnisse gesprochen und dass sie ein verwandtschaftliches Familien-Netzwerk verband. Und er fragte sich, wenn Julia und er verwandt wären, würde sie auf ihn zugehen, ihn umarmen, wie es gute Bekannte tun? Die Gelegenheit bot sich nicht. Es war Julias Fest, ihr Triumph, ihr Sieg. Erik musste mit der Neuigkeit warten.

Die Studenten hatten eine Band organisiert, die nun zum Tanz aufspielte, zuerst langsame Melodien, die dann zu späterer Stunde immer flotter wurden. Julia in ihrem Glück tanzte ausgelassen mit ihrem Vater, dem Onkel, auch mit ihrem Bruder und Cousin. Durch seine Tanzerfahrungen bei schwedischen Festen hielt Erik gut mit, kam beim Tanzen mit Julias Mutter und der Tante etwas ins Gespräch, aber mehr zu sagen, passte jetzt nicht.

Auch mit Julia tanzte Erik, sie war leicht wie eine Feder, drehte sich, ohne dass Erik viel dazutun musste. Sie schwebte über die Tanzfläche, elegant, rhythmisch gekonnt. Er wusste es, als er sie anschaute, dass ganz weit aus der Vergangenheit eine Zusammengehörigkeit ihrer Familien bestand, die sich über Generationen bewahrt hatte und nun wieder auftauchte.

Um den Abend ausklingen zu lassen, schlug Julia vor, alle Verwandten auf ein Glas Wein einzuladen. Beim Marktplatz fanden sie in einer kleinen ruhigen Bar einen Raum zum Plaudern und Nachfeiern. Als die Gläser zum Anstoßen bereit waren, ergriff Erik das Wort. Er entschuldigte sich, die angeregten Gespräche unterbrechen zu müssen, aber er hätte etwas Wichtiges zu sagen. Er begann mit einer Frage: »Inwieweit kennen Sie Ihre Familiengeschichte?«

Er sah die etwas erstaunten Gesichter der Runde, fügte aber schnell hinzu, dass es sich nicht um Neugier, sondern um eine Aufklärung handle. Es gehe auch nicht um polizeiliche Ermittlungen, nein, ... es gehe um die Abstammung von Julia. Stille, ... dann ein Raunen. Alle Blicke waren fragend auf ihn gerichtet. Was geht Sie das alles an? Sich etwa in ihre Familienangelegenheiten einzumischen?

»Gut, dass Sie überrascht sind, ich hätte bei dieser Frage auch so reagiert. Aber ich kann Sie beruhigen. Was ich zu verkünden habe, ist etwas Erfreuliches«, beschwichtigte Erik.
Er fuhr fort: »Bei seinem letzten Schwedenbesuch habe er die Dokumentation auch seinen Cousins gezeigt und Lars, einer der Vettern, wollte in Julias Person seine Urgroßmutter erkannt haben.«

… Wieder ging das Raunen durch den Raum … wie, was, wie ist das möglich?

Erik erzählte die ganze Geschichte mit den Zwillingsschwestern und von der Laune der Natur bis ins Detail. Dann hob Erik das Glas: »*Skål!* Zum Wohl! Auf unsere gemeinsame schwedische Herkunft.«

Das war *die* Neuigkeit für die ganze Gruppe, natürlich auch für Julia. Hatte sie und Erik doch immer an diese ›Seelenverwandtschaft‹ geglaubt, die nun zur Wahrheit wurde. Julia kam auf Erik zu, nahm ihn in die Arme und flüsterte ihm ins Ohr: »Hallo Erik, mein lieber Verwandter.«

Als er Julia im Arm hielt, sagte er: »Ich habe für deine hübschen Ohren etwas dabei, eine Zierde. Lange überlegte ich, was zu deinen blauen Augen passt.« Dann zog er ein kleines Päckchen aus der Tasche.

»Mach es auf«, ermutigte er sie.

Sie öffnete es und zum Vorschein kamen zwei Ohrringe, genauer gesagt Ohrstecker, in Weißgold gefasste, rundgeschliffene Aquamarine.

»Für deinen erfolgreichen Abschluss und für die heute begonnene Familienzusammenführung, dank unseren Ur- und Urururgroßmüttern«, rief Erik in die Runde.

Es gab ein großes Hallo, sich Zuprosten, Hände schütteln, es war wie an Silvester um Mitternacht, als würde ein neues Jahr beginnen. Ja, so kann es Überraschungen geben, dachte Erik und alle waren jetzt per *Du*, freuten sich, hoben die Gläser und es wurde sehr spät an diesem Abend beziehungsweise schon hell beim Nachhausegehen.

14

Julia wollte nach einigen Tagen gleich mit der Jobsuche beginnen. Sie hatte über die Seminarleiterin erfahren, dass der Referatsleiter vom Sender, seinem Regieleiter Mats Engelmann von Julia Hansen berichtet hätte, zudem kenne Engelmann die Aktion auch von dem Trailer. Wenn Julia wolle, könne sie seine E-Mail-Adresse bekommen, um ihn zu kontaktieren.

Die nächsten Tage suchte sie ihre Bewerbungsunterlagen zusammen, alle Originale mussten kopiert und dann in eine Mappe eingeordnet werden. Das Bewerbungsanschreiben hatte sie im Konzept fertig und abgespeichert, ließ die Adresse jedoch noch offen. Der handgeschriebene Lebenslauf lag bereit.

Sie schrieb eine E-Mail an Mats Engelmann, bestätigte mit ›Senden‹ und schickte sie ab. Nun hieß es warten. Nach drei Tagen meldete Julias Laptop, dass eine E-Mail für sie in ihrem Postfach sei.

Guten Tag Frau Hansen,
danke für Ihre E-Mail. Wir würden Sie gerne zu einem
Bewerbungsgespräch in unser Haus
am: <u>Mittwoch, 6. August, um 10 Uhr</u> einladen.

Mit freundlichen Grüßen

Mats Engelmann

Ihre Hände zitterten leicht, als sie die Taste ›Drucken‹ betätigte. Sie hatte es nun schwarz auf weiß – sie wurde eingeladen. Drei Wochen bis zur Vorstellung, genügend Zeit, alles vorzubereiten. Jetzt ergänzte sie das Begleitschreiben mit der Anschrift, richtete die Mappe zusammen.

Julia konnte die Nachricht nicht zurückhalten, musste sie gleich jemandem erzählen. Diesmal rief sie zuerst ihre Eltern in Hamburg an, dann die Tante in Stuttgart.

Eine SMS schickte sie an Erik:

Wichtige Neuigkeiten – Treffen im Bistro – 17 Uhr? Julia.

Erik antwortete: *Okay – bis dann.*

Als sie auf ihn zuging, küssten sie sich auf die Wangen und Erik sah, dass sie seine Ohrringe trug. Erik, nun als ihr Verwandter, musste sich beim Komplimentemachen nicht mehr zurückhalten, umarmte sie und sagte: »Nun sind es vier Sterne, die aus deinem Gesicht strahlen.«

Julia etwas verlegen, wischte sich einige Haare aus der Stirn. Sie war gleich bei der Sache:

»Ich bin zum Bewerbungsgespräch eingeladen!«

»Glückwunsch, ich drücke dir die Daumen, ich bin mir fast sicher, wie es ausgeht«, prophezeite Erik vorausschauend.

Sie bestellten, er: Kaffee schwarz, sie: Latte macchiato.

Erik fragte: »Und wann löst du deinen 1. Preis ein?«

»Ja, das steht auch noch an, ich denke, die Akademie gibt mir Bescheid, vielleicht nach den Sommerferien«, so Julia.

»Und du, gehst du wieder nach Schweden?«, fragte sie.
»Nein, ich bleibe dieses Jahr hier und warte lieber bis nächstes Jahr zur Mittsommerwende, dann treffe ich wieder alle Verwandten. Vielleicht kommst du ja mit? ... War nur so ein Gedanke von mir«, meinte Erik.

»Lust hätte ich schon, aber ich muss erst mal schauen, wie sich alles entwickelt, mit dem Job, dem Einlösen des Preises und so ... du verstehst.«

Nach einer halben Stunde verließ Julia das Café. Sie hatten alles so weit besprochen. Da Erik zu den bekannteren Gästen gehörte, war er hier mit Julia schon öfters aufgefallen. Manchmal sah er, wie die Bedienungen am Tresen tuschelten. Doch heute wagte die Bedienung beim Bezahlen eine Bemerkung: »Hübsche *junge* Frau«, wobei die Betonung auf ›jung‹ lag. Erik schmunzelte und sagte zu ihr: »Ja, ... aber, nicht wie Sie denken, ... sie ist eine Verwandte und dazu noch eine von meinen liebsten.«

15

›*Werkstatt des kreativen Schreibens*‹, so war die Aktion im Programm der Erwachsenenbildung angekündigt. Er wollte mehr von der Gruppe erfahren, die sich einmal im Monat traf, um sich für Sprache zu sensibilisieren und um zu schreiben, wobei der gegenseitige Austausch über eigene Texte sehr anregend und motivierend sein konnte. Die besten Arbeiten wurden dann in der ›exempla‹ – einer Literaturzeitschrift – veröffentlicht und im Rahmen einer Lesung vorgetragen. Erik merkte beim Schreiben seiner einfachen Texte, dass er wenig Übung hatte, wollte aber mehr tun, um den Umgang mit der Sprache zu verbessern, zu verfeinern und im Gespräch mit anderen darüber zu diskutieren. Er staunte nicht schlecht, welch begabte Menschen er dort traf. Sehr beeindruckt hielt er sich anfangs mit seinen Texten zurück. Durch Hören, Lernen, Korrigieren versuchte er, seinen eigenen Stil zu finden. Mit kleinen Texten und Kurzgeschichten begann er ganz bescheiden. War dann erfreut, als eine seiner Kurzgeschichten in die Satire-Ausgabe der ›exempla‹ übernommen wurde, es war seine erste öffentliche Präsentation.

Weitere Texte folgten. Nach einiger Zeit wurde Erik etwas mutiger und überlegte, ob das Erlebte mit Julia nicht wert wäre, aufzuschreiben. Der Schreibprozess begann. Ein Thema musste gefunden werden, ein roter Faden gezogen, auf dem sich Perlen gleich die Kapitel mit den Begebenheiten aneinanderreihten.

Auf einmal wurde Erik erfasst, er musste berichten, über die Seelenverwandtschaft, über Julia, über Schweden, … aber, doch dann dachte er, für wen? Wen interessierte die Geschichte eines literarischen Unbekannten? Julia vielleicht schon, schließlich war sie die Hauptdarstellerin in seinem ›Stück‹ und er dachte weiter, für sein Umfeld? ... vielleicht?

Es war ihm egal. Er fing an zu schreiben, weil er einfach schreiben musste. Wie damals, von Trauer geplagt, als es ihm gelang, sich das Leid von der Seele zu schreiben. Nun aber war es ein Tun aus Freude und Lust. Erik war fasziniert vom Schreiben, Worte aus den Gedanken, Stimmungen und Gefühlen zu nehmen, sie sinnvoll zu einem lesbaren, begreifbaren und interessanten Text zusammenzufügen. Es schien so einfach. Und, ... Erik erlebte seine und Julias Geschichte noch einmal. Er mischte Phantasie mit Realität, benutzte alle Sinne, folgte seinen Gefühlen und wenn es ihm danach war, setzte er sich an den Computer und schrieb.

Mitten im Schreiben rief Julia an:
»Was machst du gerade?«

»Ich schreibe«. ...

»Was? ... Du schreibst? .... Einen Brief?« ....

»Nein, eine Geschichte«. ...

»Eine Geschichte?« ...

»Ja, unsere Geschichte. Eine Erzählung über das, was wir erlebt haben, von den vielen Ereignissen in der letzten Zeit«. ... Pause. ...

»Hallo, Julia, bist du noch dran?«

»Ja, ja, ich bin am Überlegen, sortiere gerade meine Gedanken, suche nach dem Grund für dein Schreiben.«

Julia hatte von ihm schon einige Texte gelesen, fand sie auch gut, aber eine große Erzählung, überfordere er sich denn nicht damit?

Ist es eine Art Bestätigung oder Anerkennung?«

Erik, etwas erstaunt, ausgerechnet Julia hatte ihre Zweifel.

»Ja, vielleicht hat es mit Anerkennung zu tun, doch mehr denke ich an die Möglichkeit, andere Fähigkeiten auszuprobieren und einen neuen Lebenssinn wahrzunehmen. Ich kann das nun tun, wonach mir ist. Ich habe Zeit und versuche es einfach. ... Da wäre es doch ein kleines Entgegenkommen des Schicksals oder auch des Glücks, einmal etwas zurückzubekommen und sei es eine gute Geschichte. Außerdem ist es Gehirntraining, die kleinen grauen Zellen in meinem Alter brauchen etwas Futter, ja Nahrung, um in Funktion zu bleiben: Überlegen, recherchieren, alles auf die Reihe kriegen. Es tut gut, abends im Bett zu denken: Ein guter Tag, gelungenes Kapitel, weiter so, ... das macht Mut«, so Erik.

✳✳✳

Das war Eriks Sicht. Julia, noch nicht ganz davon überzeugt, hatte ihre Gedanken bei ihrem Vorstellungsgespräch bei Herrn Engelmann, welches morgen sein sollte.

Sie wollte mit der S-Bahn und mit der Stadtbahn bis Metzstraße fahren und die paar Meter zum Funkhaus hoch gehen. An der Pforte meldete sie sich und die Assistentin von Herrn Engelmann holte sie ab. Es ging über Treppen, Aufzüge, Stockwerke, lange Korridore zu seinem Büro.

Freundliche Begrüßung. ...

»Wollen Sie eine Tasse Kaffee?«
»Ja, danke gerne.«
»Hier Milch und Zucker, bitte!« ...
»Danke!«

Floskeln, die die Spannung milderten, Hemmungen abbauten.

Julias Auftreten hatte Mats Engelmann über den Trailer bereits gesehen, persönliche Worte und Fragen gaben dem Ganzen ein überschaubares Bild. Zeugnisse, Diplome und Fachscheine durchsehen, Erklärungen abgeben. Detailfragen: wie setze ich ein Drehbuch um, wie werden Szenen daraus, wie baut man Spannung auf, Julia musste ihr ganzes Wissen ausbreiten, sah dann am Blick und dem Lächeln von Herrn Engelmann, dass ihre Chancen nicht schlecht standen.

Sie gingen noch zu den Fernsehstudios, den >Green Rooms<, so nannten sich die neuen digitalen Studios, und hatten noch Kontakt mit einigen Moderatoren, die ihre Sendungen vorbereiteten. Am Schluss bei der Verabschiedung, war Julia schon sichtlich erstaunt, auch überzeugt, dass sie sich so ihren zukünftigen Beruf gut vorstellen könnte. Mats Engelmann gab ihr die Hand und fügte noch an:

»Wir geben Ihnen schnellstens Nachricht, da wir ein öffentlich-rechtlicher Sender sind, mussten wir die Stellenausschreibung auch in der Presse präsentieren. Diese Auswertung läuft noch. Innerhalb von 14 Tagen geben wir unsere Entscheidung bekannt.«

Er zwinkerte mit den Augen. Julia hatte ein gutes Gefühl.

16

Julia war ein Glückspilz. War sie das? Hatte sie sich das, was in ihrer Macht stand und worauf sie Einfluss hatte, einfach auch erarbeitet? Einfach... war es nicht, ... doch wusste sie genau, auf was es ankam, konnte schnell Zusammenhänge analysieren, abwägen und die richtige Entscheidung treffen. Mit diesem Prinzip kam sie bis jetzt bestens zurecht, so sollte es in Zukunft weitergehen. Sie dachte auch, welchen Einfluss hatte Hellström in der letzten Zeit auf ihr Leben, kam dann schnell zu dem Ergebnis, bis jetzt nur Positives. Manchmal hatte sie das Gefühl, als wäre er wie ein Schutzengel, um über ihr zu wachen, der ihr einflüsterte: Ja, tu es, oder nein, lass es! Doch so hoch wollte sie nun Erik nicht stellen. Er war real, ließ sich anfassen, sie führten gute Gespräche und sie konnte ihn manchmal als väterlichen Freund um Rat fragen.

Auch als sie diesen DIN-A4-Umschlag im dienstlichen Grau aus Stuttgart öffnete, war ihr klar, wen sie zuerst anrufen würde. Ihr damaliges gutes Gefühl, das Gespräch mit Mats Engelmann, hatte sie nicht im Stich gelassen. Der Inhalt stellte sich als befristeter Dienstvertrag, in zweifacher Ausfertigung, heraus. Ein Vertrag zwischen dem öffentlich-rechtlichen Sender und Julia Hansen, als Regieassistentin, mit der Option:

Nach einem Jahr qualifizierter Tätigkeit und guter Beurteilung Aufstiegsmöglichkeit zur Regie-Bereichsleiterin, Dokumentarfilm Inland. Wandlung des Vertrages mit unbefristeter Wirkung, Arbeitsbeginn am 1. Oktober.

Julia hielt das Schreiben in ihren zitternden Händen, legte es beiseite, um sich an den Tisch ihrer kleinen bescheidenen Wohnung zu setzen. Sie war im Moment nur überwältigt, sprachlos und glücklich, als sie die kleinen Tränen in den Augenwinkeln wegwischte.

»Geschafft! ... Studium abgeschlossen, ... tolle Stelle bekommen«, sagte sie zu sich, »und am
1. Oktober Arbeitsbeginn.«

Das waren noch eineinhalb Monate, nicht mehr so viel Zeit, um noch groß zu entspannen. Dazwischen kam noch die Zusage für ihren Preis, eine Woche in Berlin, dem großen Regisseur bei den Dreharbeiten über die Schulter zu schauen. Die Sekretärin des Professors hatte ihr dies noch mitgeteilt und sie solle in der Akademie vorbeikommen, um die Vouchers für das Hotel und die Bahnfahrten abzuholen. Julia empfand, dass doch im Moment viel auf sie zukam, freute sich aber auf Berlin.

Auf dem Weg zur Filmakademie kaufte sie ein paar Blumen für die Seminarleiterin, denn ohne ihre motivierende Unterstützung und Hilfe über die ganzen Semester wäre sie jetzt nicht in dieser glücklichen Situation. Außerdem wollte Julia ihr noch von dem Arbeitsvertrag berichten. Sie unterschrieb das Duplikat und steckte dieses in den beigefügten, adressierten und frankierten Rückumschlag.

Zurück von der Akademie griff sie zum Handy.

»Hallo Erik, ich habe gerade meinen Arbeitsvertrag unterschrieben. Willst du mich begleiten, ich wollte ihn zur Post bringen und wir könnten eine Tasse Kaffee auf dem Weg dorthin trinken.«

»Das ist eine gute Idee und eine hervorragende Nachricht, ich wollte sowieso einige Besorgungen machen«, antwortete Erik.

Sie hatte den Originalvertrag und das Briefkuvert bei sich, als sie sich gegenüberstanden. Er umarmte sie, sagte, dass er sehr stolz auf sie sei und sich mit ihr freue. Erik hatte die Möglichkeit, den Vertrag durchzusehen, was von Julia so eingeplant war. Vielleicht hatte sie im Text etwas Wichtiges übersehen. Während er seinen Kaffee trank, bestätigte Erik, dass alles in Ordnung sei. Nach dem Kaffee bestellte Erik noch zwei Gläser *Aperol Spritz*, um auf ein neues Kapitel in Julias Lebensgeschichte anzustoßen.

>Du wirst mich nun ein paar Tage nicht sehen, die Zusage von Berlin ist gekommen. Nächste Woche am Montag geht es los. Ich bin mächtig gespannt, wie ein Profi so ist, wie alles abläuft, wie er die Leute motiviert. Ich möchte richtige Schauspieler kennen lernen und frage mich, ob ich Gelegenheit bekomme, meine Fragen zu stellen.«

Abends telefonierte Julia mit ihren Eltern und mit ihrer Tante in Stuttgart, um sie auf dem Laufenden zu halten. Natürlich kam die freudige Nachricht von ihrem Arbeitsvertrag gut an. Die Tante fragte Julia, ob sie noch weiterhin außerhalb von Stuttgart wohnen wolle. In Stuttgart hätte sie doch näher zu ihrer neuen Arbeitsstelle und sie möchte ihr anbieten, bei ihnen zu wohnen. Ihr Haus am Killesberg sei groß genug und Torsten, ihr Sohn, war bereits seit einiger Zeit nach London von seiner Bank als Austausch-Banker geschickt worden. Sie und Hans, ihr Onkel, würden sich freuen, wenn wieder etwas junges Leben ins Haus einkehre. Julia antwortete verhalten und dass sie darüber nachdenken wolle, ihr aber schnellstens Bescheid geben würde. Zwei Dinge gingen Julia durch den Kopf, bei Onkel und Tante nahe der Arbeitsstätte zu wohnen, hatte was für sich. Sie verstand sich gut mit den beiden, sie waren locker, tolerant und liebevoll. Sie kannte auch das Haus, unterhalb vom Höhenpark gelegen. Bereits als Kind hatte sie diesen mit der ganzen Familie bei Spaziergängen erkundet.

Der herrliche Ausblick vom Berg über Stuttgart, das Häusermeer, zu den Rebenhängen und den Waldkuppen ringsherum. Auch konnte man das Sendergebäude mit den Parabol-Antennen und Funkmasten auf dem Dach gut erkennen. Dies alles sollte nun ihr neues Umfeld werden. Allerdings der Gedanke, Erik nicht mehr so oft zu sehen, machte sie traurig. Doch sie freute sich auf ihren Job, das im Studium Gelernte nun in der Praxis umzusetzen, neue Leute kennenzulernen, mit Kollegen zu diskutieren, zu verhandeln, etwas zu entscheiden, auszuführen. Erik wollte sie erst nach Berlin mit den Gedanken eines Umzugs nach Stuttgart informieren.

Zwei Wochen später hielt Erik eine Postkarte mit dem Brandenburger Tor als Motiv in den Händen.

Hallo Erik,
was soll ich Dir sagen und schreiben, ... ich bin total begeistert, einfach toll in Berlin, hätte ich mir nicht so vorgestellt, konnte viel dazulernen ... Mehr davon wieder zu Hause!

Liebe Grüße Julia.

Nach Berlin trafen sie sich nur kurz, Julia erzählte über Berlin, von ihren Erkenntnissen und den Treffen mit Klaus Friedemann, dann sprach sie über den Umzug nach Stuttgart. Erik ließ sich seine Betroffenheit nicht anmerken, dachte aber, sie muss ihre Ziele verwirklichen, ihr Leben in die Hand nehmen. Er ermutigte sie zu ihrem Vorhaben und dass nun Veränderungen angesagt seien.

»*Der Weg ist das Ziel*, diese althergebrachte Weisheit von Konfuzius, passt doch auf alles«, bemerkte er lachend. ...

✳✳✳

Samstagmorgen. Alle waren gekommen: Erik, Freunde aus dem Abschlusssemester, Julias Cousin Torsten, Torstens Vater, alle standen pünktlich um 9 Uhr mit einem gemieteten *Sprinter* vor Julias Wohnung in Ludwigsburg. Torsten klingelte und rief bei geöffneter Tür ins Treppenhaus: »Die Umzugsleute sind da!«

Bei so vielen Leuten ging das Umziehen schnell. Julia hatte alles ausgeräumt, in Umzugskartons verpackt, die Kleider in Koffern verstaut. Nur noch Bett und Schrank abbauen und im Auto stapeln, Tisch, Stühle, Couch folgten. Die Fahrt über die Bundesstraße nach Stuttgart-Feuerbach ohne Stau in 20 Minuten erledigt. Vor dem Haus, nahe der Weißenhofsiedlung, stand Julias Tante und wartete. Vor dem Ausladen gab es erst einmal Kaffee und belegte Brötchen. Alle saßen in Julias neuen, leeren Zimmern und frühstückten. Torsten fürs Wochenende aus London zurück, hatte noch am Freitagabend die Wände frisch gestrichen.

Und so konnte das Einrichten beginnen.

Kurz nach halb eins war alles an Ort und Stelle. Ein paar Kleinigkeiten wollte Julia später besorgen, neue Lampe, schöne weiße Tagesdecke, einige Kissen für die Couch und flauschige Handtücher fürs Bad. Das Zimmer lag direkt beim Gästebad mit Toilette, so hatte Julia ihren eigenen Bereich, ohne die anderen Bewohner zu stören.

Das Haus geschmacklich eingerichtet, in herrlicher Lage über Stuttgart machte es Julia leicht, sich nach

81

kurzer Zeit wie zuhause zu fühlen. Besonders freute sie sich auf ihre Eltern und ihren Bruder, die sich für das nächste Wochenende angekündigt hatten, um ihren Einzug zu feiern.

Noch gar nicht so lange her, dass sich die beiden Familien letztmalig sahen. Bei Julias Abschlussfeier zugegen, nun schon wieder. Julia mit ihrem bewegten Leben hielt die Familien auf Trab. Es hatte sich zwischenzeitlich wieder viel ereignet und zum Erzählen gab es immer was, so war die Wiedersehensfreude berechtigt. Jutta, so hieß Julias Tante, war in ihrem Element. Es war ihr gegeben, Feste auszurichten, es machte ihr einfach Spaß, Leute zu bekochen, und sie kochte hervorragend, ausgesprochen delikat. Nach dem opulenten Essen ging es zum Spazieren in den Höhenpark. Am Ende bei der ›Ländlichen Gaststätte‹ gab es noch Kaffee, Kuchen oder Wein. Abends war eine Vorstellung im Friedrichspalais gebucht. Zur Übernachtung in dem großen Haus am Killesberg verteilten sich die Familien in den vorbereiteten Zimmern.

Früh auf dem Hauptbahnhof, Gleis 16, standen sie am Sonntagmorgen und warteten auf den ICE nach Hamburg. Viele gute Wünsche beim Abschied begleiteten Julia für die nächste Woche, denn am Mittwoch begann Julias neue Arbeit.

Auf der einen Seite war sie froh, dass es jetzt endlich losging.

***

Julia hatte sich schnell eingearbeitet. Ihr Vorgesetzter Mats Engelmann, übertrug ihr nach und nach auch komplexe Aufgaben. Sie entwickelte mit ihm zusammen Konzepte, arbeitete Drehbücher durch, überlegte das Umsetzen in Filmszenen, ging vor Ort, leitete den Kameramann an, war beim Schneiden des Filmes dabei.

Die Vielseitigkeit des Berufes machte ihr Spaß und Freude. Mit ihrem selbstverdienten Geld konnte sie sich auch etwas leisten und reisen, besuchte vielfach ihre Eltern in Hamburg.

17

An einem Samstagnachmittag. Erik stellte gerade den Rasenmäher in das Gartenhaus, als er das Klingeln an der Haustür vernahm. Wer konnte das sein? Hatte er einen Termin übersehen? Wie er war in seinen Gartenkleidern, öffnete er die Tür.

»Hallo Erik!«, sagte eine freundliche Stimme. ... Pause.
»Hallo?! ... J u – li – a? ... wie kommst du denn hierher?«, so Erik.

Ein heiteres Lachen folgte.

»Bitte entschuldige mein Lachen, aber du hättest gerade dein Gesicht sehen sollen, als wäre ich ein Gespenst. Vorhin wählte ich deine Nummer um mich anzukündigen, aber nur der Anrufbeantworter meldete sich.«

»Ich war im Garten und hatte deinen Anruf überhört. Ja, ich bin wirklich überrascht, aber bitte komm herein.«

Erik sah ihr rosageblümtes Sommerkleid, das Samtband in den Haaren, die flachen Ballerinas an ihren Füßen.

Julia folgte der Aufforderung, trat durch den Flur ins Wohnzimmer. Sie hielt ein Päckchen in der Hand, blieb aber mit diesem vor dem Bücherregal stehen.

»Bitte schau dich um, fühl dich wie zu Hause, ich möchte mich nur schnell umziehen«, und ging die Treppe zum ersten Stock hoch.

Ihr Blick ging von oben nach unten über die vielen Bücher, alle in quadratische Fächer einsortiert. Quer durch die Literatur: Moderne, Klassiker, Bildbände, Lexika und was ihr auffiel, viele archäologische Bücher, Bildbände von Kelten und deren Ausgrabungsstätten. Doch in zwei Fächern gab es keine Bücher, sondern Bilderrahmen und eine Kerze. Julia beugte sich etwas vor, um besser sehen zu können, als wieder Erik in Jeans und Polo-Shirt erschien.

»Deine Frau und deine Lebenspartnerin?« ...

»Ja, ... aber lass dich erst mal begrüßen.«

Er nahm ihr das Päckchen ab, legte es auf den Tisch und umarmte sie.

»Das ist wirklich eine Überraschung mich zu besuchen.«
»Nun, die Idee fiel mir spontan ein, als ich mit Tante Jutta ein paar Sachen für meine Wohnung bei *IKEA* kaufen war. Ich wusste, dass du hier in der Nähe wohnst. Jutta gab Ort und Straße in ihr Navi ein und schon stand ich vor deiner Haustüre.«
»Und wo ist Jutta jetzt?«
»Sie ist zurückgefahren, sie haben noch heute einen wichtigen Termin, sie und mein Onkel.
Ich habe uns etwas mitgebracht, ... ja, ... für uns zum Kaffee, den gibt's doch bei dir?«

Erik öffnete das Päckchen und Zimtschnecken *(Kanelbullar)* kamen zum Vorschein.

»Komm mit in die Küche, ich mache Kaffee«, so Erik.

Er stellte zwei Tassen unter den Auslauf des Kaffee-automaten, drückte auf den Knopf. Mit lautem Geräusch wurden die Bohnen gemahlen und Sekunden später – floss heiß gebrüht das braune, duftende Getränk in die Tassen.

»Komm, wir setzen uns an den Esstisch, bitte nimm deine Tasse mit.«

Erik breitete zwei Sets aus und stellte das Geschirr darauf.

»Milch, Zucker, wenn du magst, bitte!
Aber, ich habe dich vorhin unterbrochen, als du die Bilder betrachtet hast, ...
ja, es sind meine Frau und meine Lebensgefährtin, ... lange Zeit her.
Im anderen Fach sind Bilder von meiner Tochter, ihrer kleinen Familie, ihrem Mann und Hendrik.«

Er biss ein Stück von der Schnecke ab, kaute und sagte:

»Nun erzähl mal, wie geht es dir in deinem neuen Job?«
»Ach, weißt du, ... ich habe mich gut eingelebt, alle sind hilfsbereit, ich muss noch viel nachfragen, aber es geht. Ich denke, mein Vorgesetzter Mats Engelmann ist zufrieden mit mir. Aber abends kann ich dann nicht mehr viel unternehmen, ich bin einfach zu kaputt. Doch Jutta päppelt mich immer wieder auf, liest mir fast jeden Wunsch von den Augen ab. Ich habe es gut getroffen bei ihnen. Mir fehlten noch ein paar Kleinigkeiten für mein Zimmer, die wir beide jetzt gekauft haben. Aber nun hier bei dir, darf ich mich etwas umschauen?«.

»Natürlich«, sagte Erik.

Julia sah zur Zimmerdecke, die von hellgrau gestrichenen Balken getragen wurde. Es sah etwas nach Landhausstil aus, wirkte doch wieder modern, da die helle Farbe und die weißen Flächen zwischen den Balken dem Ganzen eine trendige Wirkung gaben.

Das Zimmer L-förmig angelegt, mit der weißen Couch, dem offenen Kamin, den Bildern an der Wand wirkte es nicht wie aus dem Katalog entnommen, sondern hatte auf seine Art etwas Individuelles. An der Wand gegenüber vom Bücherregal auf weißen Brettern eine kleine Stereoanlage mit CDs.

»Was hörst du denn so?«, fragte sie neugierig. »Wie mir danach ist. Mal Klassik, mal Pop. Ich kann Vivaldi konzentriert hören, eine gefühlvolle Ballade der Engländerin *Adele*, aber auch Eric Clapton oder Pink Floyd, so nebenher im Hintergrund. Ich lasse mich auch mal ein in etwas ganz Aktuelles, Fetziges von der amerikanischen Pop-Band: ›*OneRepublic*‹ mit ›*Love runs out.*«

»Kenne ich nicht«, bemerkte Julia.

»Du bist auch beim Fernsehen«, bemerkte Erik, »bei mir läuft das Radio von deinem Arbeitgebersender von morgens bis abends. Der Song wurde während der Fußball-WM 2014 als Leittitel immer wieder gespielt. ... Aber das nur so nebenbei«, ergänzte Erik.

»Aber dein Haus gefällt mir gut, die Zimmer sehr geschmackvoll eingerichtet, könnte mir auch gefallen. Total ›*en vogue*‹.«

»Ja, ich fühle mich hier sehr wohl«, sagte Erik, »ich brauche diesen Rückzugsort, eine Oase der Stille, hier kann ich Kraft tanken, Musik hören, Bücher lesen. Manchmal verwandle ich mich zu einem weiblichen Wesen.« ...

»Wie? ... Wie meinst du das?«, fragte Julia etwas verständnislos.
»Denke nur, ... ich binde mir die Küchenschürze um und schon weicht das Maskuline von mir, ... ich putze, koche, spüle, wasche, sauge, bügle und beziehe Betten, ... nur mit dem Kinderkriegen klappt es noch nicht richtig.«

Julia lachte: »Da wärst du auch der erste Mann, dem das gelänge.«

Darüber musste nun auch Erik lachen.

»Wie wär's mit einem Spaziergang?«, fragte Erik.

»Gut, etwas die Beine lockern, wäre nicht schlecht«, so Julia.

Sie ging zur Garderobe, nahm aus der Umhängetasche ihre Sportschuhe und zog sie an.

Direkt vom Haus führte der Weg zu den Feldern. Nur ein paar 100 Meter weg von dem geschäftigen Treiben des Einkaufszentrums, bot sich hier eine ländliche Stille.

Sie gingen vorbei an abgeernteten Kornfeldern, Zuckerrübenäckern, Maisfeldern, Streuobstwiesen und kamen zu einem kleinen Bachlauf, dessen Ufer mit Hornklee, Storchschnabel und wildem Baldrian bewachsen war. Jetzt fast zum Ende des Sommers zeigten die Grillen und Heuschrecken noch einmal ihr ganzes Repertoire an Gezirpe und Geschnarre.

Julia schaute zu den Hügeln im Hintergrund.

»Was sind das für Berge?«, fragte sie.

»Das sind die Stromberge. Rechts oberhalb kannst du den kleinen Winzerort Hohenhaslach erkennen, dahinter zirka acht Kilometer entfernt in einem Waldgebiet liegt der Wolfsstein. Eine Tafel erinnert an den letzten noch lebenden Wolf in Württemberg. Er wurde dort 1847 von Jägern erschossen, weil er, so sagten die Bauern, 50 Schafe in einem Jahr getötet haben sollte. Und links siehst du die höchste Erhebung der Bergkette, den Baiselsberg, immerhin 477 Meter hoch«, antwortete Erik.

Nach dem kleinen Spaziergang, wieder zurück im Haus, fragte er:

»Darf ich dir einen *Hugo* anbieten? Das würde passen zu dem schönen warmen Wetter, dann komm bitte mit in die Küche.«

Er nahm zwei hohe Gläser, goss einem Schuss Holunderblütensirup ein, füllte mit Prosecco auf, Limetten in Scheiben dazugeben, mit Pfefferminze garnieren, fertig!

Erik holte aus dem Gerätehäuschen zwei Gartenliegen, stellte sie auf den frisch gemähten Rasen, dazwischen einen kleinen Hocker als Ablage für die Gläser.

Beide genossen den Nachmittag, die Ruhe und die herrliche Sonne.

»Na, wie fühlst du dich?«, fragte Erik.

»Wunderbar, wie eine Katze auf der warmen Ofenbank«, blinzelte Julia herüber, »ich fange gleich an zu schnurren.«

»Das solltest du aber nicht, denn dann bekommen die Vögel im Garten lange Hälse.«

Sie nippte an dem Cocktail.

»Humm, ... ist der Holunderblütensirup selbst gemacht?«, fragte Julia.
»Ja, indirekt. Nicht von mir, sondern von Elisabeth, sie hat ihn mir geschenkt. Ich bekomme immer wieder mal was geschenkt, von Gisela einen vegetarischen Brotaufstrich, von Maria Erdbeerkuchen, von Hannelore ein Schälchen Himbeeren.«
»Und sind sie auch nett, deine Gönnerinnen?«
»Sehr nett!«
»Und wie ist es mit der Liebe?«
»Großes Fragezeichen? Ich mag sie alle, es sind platonische Beziehungen, ... wenn du verstehst, was ich meine. ...
So wie mit Julia Hansen, meiner ganz großen Liebe!?« ...

Julia schaute ihn ernst an:

»Aber, hallo! ... Auf den Arm nehmen kann ich mich selbst, ... Spaßvogel Erik Hellström. Ich bin auf der einen Seite froh, dass du es gelassen nimmst und immer noch Humor hast, ... Erik Hellström. Das passt zu dir, so wie du bist.«

Sie legte ihre Schuhe ab, zog ihre Beine hoch bis zur Brust, umfasste mit den Armen ihre Knie und saß so etwas angriffslustig auf der Liege, um Erik die nächste Frage zu stellen. Zuvor streifte sie ihr Haarband ab, fuhr mit den Händen durch die Haare, um sie zu lockern.

»Du hast viele Bücher, ... hast du sie alle gelesen?«
»Nein, nicht alle, es sind auch typische Frauenbü-

90

cher dabei, ein Überbleibsel von meinen beiden Frauen.«

»Und du bist der Ansicht, Männer lesen keine Frauenliteratur?«
»Nein, so möchte ich das nicht abtun, ich weiß nur, dass die meisten Männerbücher doch von Frauen gelesen werden. Ich habe meine eigenen Lieblingsbücher.«
»Und die wären?«
»Mal abgesehen von den archäologischen Bänden, wirst du es nicht glauben, es sind Bücher dabei, die auch von Frauen geliebt werden.«
»Und zum Beispiel?«

»Ich denke an: ›Jenseits von Afrika‹ von Tania Blixen, ›Die Wand‹ von Marlen Haushofer, ›Der Vorleser‹ von Bernhard Schlink, ›Brücken am Fluss‹ von Robert James Waller, ... und, und, ... ja, die Liste könnte ich weiterführen.«

»Und deine typischen Männerbücher oder Schriftsteller?«, fragte Julia.

»Es gehört zweifelsohne auch Goethe dazu mit ›Die Leiden des jungen Werther‹, auch Bücher von Böll, Lenz, Grass, Hesse oder Patrick Süskind mit ›Das Parfum‹.
Ich liebe auch Bücher, die das Mittelalter zum Thema haben, ›Die Säulen der Erde‹ von Ken Follett, ›Die Pilgerin‹ von Iny Lorentz. Zu meiner Schulzeit las ich das interessante Buch ›Rulaman‹ von David Friedrich Weinland. Und ein Buch, das mich sehr beeindruckte war ›Unten am Fluss‹ von Richard Adams. Eine Tiergeschichte vom Exodus der Kaninchen. Bin dann von dem Zeichentrickfilm enttäuscht worden. Er entsprach nicht meinen Vorstellungen und meiner Fantasie. Besser war es mit J. R. R. (John Ronald Reuel) Tolkien ›Herr der Ringe.«

»Und wie ist es mit der Archäologie?«, fragte Julia.

»Das ist natürlich ein absolutes Lieblingsthema von mir. Ich wollte dies sogar einmal studieren.«
»Was sagen dir denn die alten Knochen?«
»Hum, ... Julia, sie können sehr viel sagen. So zum Beispiel beim Keltenfürst von Hochdorf konnte man anhand der Knochen Alter, Größe, natürlich das Geschlecht, die Lebensgewohnheiten und vieles mehr feststellen. Es ist für die Archäologie relevant, mehr über die Vorgeschichte der Menschheit zu erfahren. Wie lebten die Frühmenschen? Was aßen sie? Aber auch zu sehen, dass es unter ihnen Künstler gab. Ein anschauliches Exemplar stellt der Löwenmensch dar, gefunden in der Stadelhöhle bei Asselfingen, eine aus Mammutelfenbein geschnitzte Figur. Geschätztes Alter zirka 40.000 Jahre. Die Figur wurde wahrscheinlich bei heiligen Ritualen verwendet. Für mich einfach faszinierend.

Meine Bücher sind so eine Mischung: Natur, Fantasie, Neugierde, Liebe, Ritterlichkeit ... und da wären wir wieder beim Männlichen, unserem Thema vom Anfang. Wie Ritter, Sänger, Dichter, Liebhaber, Magier, alles in einem, so wünschen sich doch Frauen die ›richtigen Männer‹?«.

»Schon möglich«, antwortete Julia, ... »vielleicht ist etwas daran, doch die Realität ist mir lieber, ... Fantasie und Liebe alles in Ordnung und passend zur richtigen Zeit. Nur die Ehrlichkeit und Treue sollte ein Ritter nicht vergessen.«

»Ja, es gibt faszinierende Bücher und begnadete Schriftsteller. Wenn man von jedem nur ein bisschen an Wissen, Genialität und Begabung nimmt, alles durcheinandermischt, um dann aus dieser Essenz etwas Neues zu schaffen – ein Bestseller wäre geboren, von allen geliebt«, gab etwas spöttelnd Erik von sich.

»Ja, es ist erstaunlich, mit was allem du dich beschäftigst.«
»Klar, seit ich im Ruhestand bin, habe ich Zeit, mich mit Dingen intensiver zu befassen, die lange zu kurz kamen, und über eine Spezialität haben wir noch gar nicht gesprochen«, sagte Erik.

»Und die wäre?«, fragte Julia.

»Über das Essen! … Ich habe anzubieten: Würstchen und Putenschnitzel vom Grill, Kartoffeln in der Folie, Dill-Sahne-Dip, gemischten Salat, Alkoholisches, aber auch Mineralwasser und Saft.«
»Dass du gut kochst, ist mir auch inzwischen bekannt.«

Sie saßen noch lange im Garten, erzählten und erzählten, holten sich von den gegrillten Speisen, aßen in aller Ruhe, bis Julia bemerkte, es wären nun gegen zehn und Zeit zum Gehen. Erik brachte sie noch zur S-Bahn. Beim Einsteigen rief sie noch: »Danke für den herrlichen Tag.«

Der Signalton der Schließautomatik erklang und die Tür schloss mit einem satten Plopp. Ein letztes Winken und Erik sah nur noch die kleiner werdenden roten Lichter der Bahn.

Julia hatte mit ihrer Tante vereinbart, dass sie an der Bahn abgeholt wird. Später meldete sie sich noch bei Erik, sie sei wieder gut zuhause angekommen und noch ganz erfüllt von dem wunderbaren Tag.

18

So Anfang des kommenden Jahres, Ende Februar, kam die Schwedenreise erneut zur Sprache. Es wurde beschlossen, gemeinsam Mittsommer in Schweden zu feiern. Erik kündigte dies gleich seinen Cousins in Göteborg und Stockholm an. Alle waren sofort begeistert, nun endlich Julia kennen zu lernen, ihre weitläufige Verwandte, die Ururenkelin ihrer Vorfahren. Julia wollte über Hamburg anreisen und ihre Eltern dort besuchen, dann von Kiel mit der Fähre nach Göteborg übersetzen. Erik nahm das Flugzeug nach Göteborg, Nils Familie holte ihn am Flughafen ab. Schon ganz früh am nächsten Morgen standen sie auf der Besucherplattform im Hafen von Göteborg. Zwischen dem graublauen Meer und dem Hellblau des Himmels, in der Ferne, erschien ein weißer Punkt. Es war die Fähre *Stena Germanica III*, die vor über 14 Stunden Kiel verlassen hatte. Langsam kam das große Schiff der Anlegestelle näher. Fast spielerisch navigierte der Schiffsführer die 35.000 PS-Maschine sanft zum Anleger. Taue wurden zum Kai geworfen und festgemacht. Dann öffnete das Schiff sein Riesenmaul am Bug. Langsam schwenkten die beiden großen Türen zur Seite und über eine Rampe rollten die ersten Motorfahrzeuge heraus. Die Fußgänger und die Radfahrer wurden oben an der Fährenseite über die Fahrgastbrücke zur Plattform geleitet. Unter den vielen Menschen winkte Julia mit ihrem großen Rucksack von weitem. Mit freundlichem Begrüßen und In-den-Arm-Nehmen stellten sich die schwedischen Verwandten vor. In Schweden ist es üblich, sich mit den Vornamen anzusprechen. Julia mit ihrem strahlenden Lächeln hatte damit keine Probleme und schnell Kontakt. Die Verständigung zwischen Julia und Nils Familie wurde durch Eriks Übersetzen gelöst.

Die Fahrt ging durch Wälder und an unzähligen Seen vorbei. In dichten Waldgebieten fiel Julia das gelbrote

Warnschild *(Viltövergång)* auf, das einen stilisierten Elch darstellte. Julia fragte, ob man hier mit Elchen rechnen muss. Erik erklärte, sie seien schwer einzuschätzen und stünden manchmal plötzlich am Straßenrand. Sonst seien sie friedliche Zeitgenossen, die von See zu See ziehen, um Wasserpflanzen zu fressen. Aber eine Kollision mit den großen Tieren wäre für die Beteiligten keine gute Sache. Der Elch, der die größte Hirschart auf der Erde ist, kann beim Bullen eine Schulterhöhe bis zu 2,30 m und ein Gewicht über 800 kg erreichen. Es ist deshalb Vorsicht geboten.

Nach einer Stunde Fahrt kamen sie im Sommerhaus in Jaren an. Die übrigen Familienmitglieder stimmten freudig in die Begrüßung ein. Svenja, die Tochter von Britta und Bengt teilte mit Julia das Zimmer, beide etwa gleich alt, verstanden sich ausgezeichnet, zumal Svenja mit ihren Eltern noch in Deutschland lebte. Sie konnte Julia vieles erklären, die Mentalität der Schweden, ihre manchmal wortkarge Art, das Überbrücken der Einsamkeit im Winter, das Aushalten der langen Dunkelheit und das freudige Begrüßen des Frühlings und nun das Fest der Mittsommernacht. Julia schaute von dem Fenster des Zimmers hinaus auf den See. Obwohl die Uhr schon elf zeigte, war es noch nicht dunkel.

Svenja sagte: »Morgen bereiten wir uns auf das große Fest vor.«

Beide lagen noch lange wach, erzählten, bis Julia keine Antwort mehr gab, sie war eingeschlafen.

Es war alles so, wie Erik es beschrieben hatte. Das Sammeln von Blüten für die Girlanden, die den Mittsommerbaum schmücken sollten, das Herrichten der alten Sägemühle zur Tanzfläche und das Aufbauen des großen Buffets mit den leckeren Speisen.

Dann wurde ausgiebig gefeiert, zugeprostet, Trink-sprüche gehalten und getanzt. Immer wieder zwischen-durch hörte man das schwedische: *Skål!*

Spät zum Ausklang servierten die Frauen noch *Kött-bullar* (Fleischbällchen) mit brauner Soße und Weißbrot. Julia schon ziemlich satt, probierte trotzdem. Großartig, ... sie schmeckten herrlich. Julia darauf bedacht, so viel wie möglich von Schweden mitzunehmen, fragte gleich nach dem Rezept.

Köttbullar (Fleischbällchen)

Zutaten:

½ Brötchen vom Vortag , 1 Zwiebel(n), 2 gekochte mehlige, Kartoffeln, 500 g gemischtes Hackfleisch, etwas Butter, 1 Ei(er), 200 ml Sahne, 250 ml Rotwein, 250 ml Kalbsfond, 1 TL scharfer Senf,
1 TL Weinessig, 2 EL Tomatenpüree, nochmals 100 ml Sahne, Salz und Pfeffer, fein gehackte Petersilie, Kapern, 2 rote Zwiebel(n), Paprikapulver, dunkler Soßenbinder

Zubereitung:

Brötchen in der Sahne einweichen und quellen lassen. Kartoffeln schälen und mit einem Kartoffelstampfer oder einer Gabel zerkleinern. Kapern abtropfen lassen und sehr fein hacken. Die Zwiebel schälen und in feine Würfel schneiden, in Butter anschwitzen.
Bis auf die roten Zwiebeln alle Zutaten nun unter das Hackfleisch kneten und pikant abschmecken. Zum Schluss fein gehackte Petersilie zufügen.
Aus der Hackfleischmasse kleine Bällchen formen. Die roten Zwiebeln schälen und vierteln. Abwechselnd mit den Hackbällchen auf 8 Holzspieße stecken und auf ein mit Backpapier ausgelegtes Backblech legen.

Im vorgeheizten Backofen bei 200 °C Ober- /Unterhitze (Umluft: 180 °C) ca. 30 Min. garen.

Braune Soße:

Die Zwiebel klein schneiden, glasig anbraten, mit dem Rotwein und einem Schuss Weinessig ablöschen, kurz aufkochen lassen und den Kalbsfond dazugeben.
Zirka 10 Minuten sprudelnd kochen lassen, um die Soße zu reduzieren.
Sahne zufügen, das Tomatenpüree unterrühren und mit Soßenbinder eindicken, abschmecken.

Als sich die meisten Gäste endlich verabschiedet hatten, waren auch Svenja und Julia in ihrem Zimmer verschwunden. Sie legten ihre Blumenkränze ab und tauschten die Blumenkleider gegen Jeans und T-Shirts. Noch schnell die bequemen Sportschuhe an, so waren sie perfekt gerüstet, um Richtung Weidezaun zu gehen.

»Ab wann gilt das Redeverbot?«, fragte Julia.

»Wenn wir am ersten Zaun sind.«

Gleich an Bauer Anderssons Weidezaun gab es Probleme: Stacheldraht.

»Autsch!«, ... kam es zwischen Julias gepressten Lippen hindurch.

»Schmerz- und Hilferufe zählen nicht zu dem Gebot«, so Svenja.

Vorsichtig überstiegen sie den Zaun, dahinter ausgebreitet eine Wiese voller Blumen.

Svenja fing gleich an zu pflücken, einen gelben Hahnenfuß.

Mit einem Handzeichen deutete sie an, weiterzugehen. Nach und nach überschritten sie die Zäune und Wiesen. Auf der siebten Wiese zählte Julia ihre Blumenarten durch – nur sechs. Svenja schaute, welche Blume Julia noch fehlte, den blauvioletten Storchschnabel hatte sie bei ihrem Strauß nicht dabei. Das Problem war nur, dass die Auswahl auf der letzten Wiese nicht allzu groß war. Gemeinsam suchten sie. Von ganz weitem am Rande eines Baches leuchtete etwas Gelbes. Als sie näher kamen, erkannte Svenja eine kleine Trollblumengruppe (smörboll) in leuchtendem Gelb. Eine davon nahm Julia zu ihrem Blumengebinde. Diese war die schönste und geheimnisvollste von ihren gesammelten Blumen. Was Julia nicht wissen konnte, dass es zahlreiche Sagen und Märchen zur Herkunft der leuchtend gelben, kugeligen Schönheit gab. Mal dienen sie den Trollen als Fackeln und ein anderes Mal warnten sie mit ihrem Gelb vor den moorigen Sümpfen. Über den letzten Zaun ging es zurück in Richtung Sommerhaus. Sie hatten es geschafft ohne zu reden und so das Gebot eingehalten. Eilig stiegen sie die Treppe zu ihrem Zimmer hoch und legten die Blumen, zwischen Handtücher, als Schutz wegen der Bettbezüge, unter ihre Kopfkissen.

Es war immer noch nicht ganz dunkel. In ihren Träumen nachts sollte dann der zukünftige Bräutigam erscheinen, wenn sie den Traum niemand erzählten.

Taten sie auch nicht, wurden sie doch beim Frühstück von den Anwesenden immer wieder aufgefordert, etwas zu verraten. Natürlich gab es jemand, den Julia in ihren Traum eingeschlossen hatte. Sie mochte ihn, kannte ihn von der Arbeit, ein lieber Kollege, wie sie es formulierte, wenn sie darauf angesprochen wurde. Stefan leitete das Filmressort Auslandsdokumentation, von seinem Büro im Flur gegenüber. Es ließ sich nicht vermeiden, man begegnete sich – mal am Kaffeeautomat, mal in der Kantine. Dort saßen sie zusammen, hatten ihre festen Plätze, freuten sich über ihre guten Gespräche und waren sie noch so kurz. Julia konnte Stefan auch vieles fragen, was das Berufliche anging. Er war ein Profi, hatte mit seinen Filmen schon einige Auszeichnungen erhalten. Julias Art gefiel ihm. Ihr fröhliches Wesen, das lustige Lachen, dann wieder streng konzentriert, fachlich sehr kompetent im Dialog. Nach dem Ablauf der Probezeit und es um Julias Beförderung ging, war auch Stefan an der Beurteilung beteiligt. Alle Bereichsleiter und der Personalrat mussten zustimmen, ob Julia die nächste Beförderungsstufe, den Titel Regie-Bereichsleiterin und eine Festanstellung erhielt. Mit großer Stimmenmehrheit erreichte sie das Ziel: die nächsthöhere Gehalts- und Berufsgruppe. Julia nun verantwortlich für Dokumentarfilme Inland und Stefan für Dokumentarfilme Ausland, überwiegend Europa.

Bei ihrer Arbeit gingen sie getrennte Wege, er im Ausland, sie in ganz Deutschland.

An den gemeinsamen dienstfreien Wochenenden genossen sie es, nur für sie beide da zu sein. Durch gemeinsame Unternehmungen in und um Stuttgart, Spaziergänge in der Nacht durch den Schloss-Park, das Aufsuchen verträumter Ecken, Live-Konzerte, Kleinkunst, sich in die Augen sehen, Liebeskomplimente machen. Sie liebten sich, versuchten aber in ihren Büros dies so nicht zu zeigen.

Julia atmete jedes Mal auf, wenn Stefan von einem Brennpunkteinsatz zurückkam. Die Sorge, dass ihm etwas zustoßen könne, begleitete sie die ganze Zeit, bis sie sich wieder in den Armen lagen.

∗∗∗

Es war klar, dass Erik Julia auch etwas von Schweden zeigen wollte. Eine kleine Gruppe fuhr morgens mit zwei Autos los Richtung Westen und traf bei Tanum auf die bekannten Felsritzungen. Die in die Felsplatten eingekratzten Zeichnungen sind etwa 3.000 Jahre alt. Die verschiedenen Figuren zeigten Motive aus dem religiösen und sozialen Leben. Auffällig war, dass viele Bilder Schiffe darstellten. Es schienen wichtige Transport- und Fortbewegungsmittel gewesen zu sein. Auch Personen und Tiere gab es und unter anderem ein Brautpaar, eine Gruppe von Männern mit Streitäxten und ein Mann vor einer großen Schlange stehend.

Als damals die Felsritzungen entstanden, lagen diese Kultplätze am Meeresufer. Heute, aufgrund der skandinavischen Landhebung, befinden sie sich 25 bis 30 Meter über dem Meer. Nun weiter in Richtung Norden, kamen sie über die norwegische Grenze nach Frederikstad, einem kleinen Fischerort an der Schärenküste. Lars kannte dort ein gutes Restaurant und bestellte für alle eine gemischte Fischplatte. Es war alles dabei, Heringe mit verschiedenen Dips, Langusten, Scholle, Lachs, Dorsch, dazu in Dill gekochte Kartoffeln. Es schmeckte herrlich.

Abends saßen sie noch gemütlich im kleinen Bücherzimmer zusammen und erzählten vom Erlebten. Dazu gab es frisch gebackene Zimtschnecken mit Kaffee oder Tee.

Die *Kanelbullar* hatten die Frauen gebacken, die nicht dabei waren. Julia fragte nach dem Rezept, denn sie wollte die Zimtschnecken unbedingt in Deutschland nachbacken.

Rezept für Kanelbullar, *Zutaten für ca. 30 Stück*

Für den Teig:
150 g Butter oder Margarine, 500 ml Milch, 50 g Hefe,
150 g Zucker, 1 TL Kardamom, gemahlen, 800g Wei-
zenmehl

Für die Füllung:
75 g Butter oder Margarine, 100 g Zucker, 1 EL Zimt

Zum Garnieren:
1 Ei zum Bestreichen, Hagelzucker

Zubereitung:
Arbeitszeit: ca. 30 Min. Ruhezeit: ca. 1 Std.

Schwierigkeitsgrad: simpel

Margarine schmelzen. Milch hinzufügen und auf ca.
37 °C wärmen. Die Hefe darin auflösen und Zucker,
Salz, Kardamom und fast das ganze Mehl hineinrühren.
Den Teig kneten, bis er geschmeidig wird. (falls nötig:
mehr Mehl hinzufügen).
Teig mit einem Handtuch abdecken und ca. 30-40 Minu-
ten aufgehen lassen.
Den Teig auf einer mehligen Arbeitsfläche durchkneten
und in drei Teile teilen. Jeweils eine dünne, rechteckige
Fläche ausrollen und mit weicher Margarine (Raumtem-
peratur) bestreichen. Zucker und Zimt mischen und den
Teig damit dick bestreuen. Zu einer Wurst rollen und in
ca. 4 cm dicke Scheiben schneiden.
Die Stücke mit der geschnittenen Seite nach unten auf
das Backblech legen. Den Teig so noch einmal aufgehen
lassen (wird in 30 Minuten ungefähr doppelt so groß).
Die Kanelbullar (Zimtschnecken) mit geschlagenem Ei
bepinseln und mit Hagelzucker bestreuen.
Auf der mittleren Stufe im vorgeheizten Backofen bei
250 °C – 275 °C etwa 8 Minuten backen.
Unter einem Handtuch abkühlen lassen.

Am nächsten Morgen beim Frühstück berichtete Britta, sie hätte heute früh schon im See gebadet, er sei gar nicht so kalt, zirka 15 bis 16 ° Celsius.

»Gut, dann heize ich die Sauna an und wer Lust hat, sich anschließend im See abzukühlen, der kann dies ja tun«, sagte Lars.

Das kleine Saunahaus lag neben dem alten Sägewerk in Ufernähe und der See war über einen Steg zu erreichen.

»Nach unserem Tagesausflug springen wir in die Fluten«, rief Nils.

Sie hatten vereinbart, ein Elchgehege zu besuchen. Diesmal ging die Fahrt zu der *Dalsland Moose Ranch*. In einem 10 Hektar großen Gehege konnten acht zahme Elche durch bewaldetes Gelände streifen. Dort finden sie Schutz und Nahrung und können ein ganz normales Elchleben führen, allerdings in einem umzäunten Gelände. Die interessierte Gruppe sah die mächtigen Tiere nun aus der Nähe und war von ihrer Größe beeindruckt. Auf der Rückfahrt legten sie einen Zwischenstopp an einem dunkelblauen See ein, um die herrliche Aussicht zu genießen. Julia kaufte am Kiosk ein paar Postkarten für zu Hause.

Vor dem Abendessen standen die Saunagänge auf dem Programm. Im Häuschen fanden die Saunierer gar nicht auf einmal Platz, so wurde eingeteilt, zuerst die Frauen, dann die Männer. Julia hatte in Stuttgart mit ihren Freundinnen auch schon an diesem Spaß teilgenommen und wusste, was folgte. Das Aufgießen des Fichtennadelduftes, Wedeln und Abklopfen mit Birkenreisig. Doch das Beste war, als alle Frauen nackt über den Steg zum Wasser liefen und mit einem großen Satz ins Kühle sprangen. Nach drei, vier Durchgängen lagen die weichen Badetücher zum Abtrocknen bereit.

Das Ausruhen auf der Liege im Bademantel war Entspannung pur. Danach ging es zurück ins Sommerhaus. Nun waren die Männer dran.

Am Abend gab es entsprechend dem Tagesausflug: ›Zart rosa gebratenes Elchfilet an Rotwein-Preiselbeerensoße‹.
Da das Filet zuvor mindestens acht Stunden eingelegt werden sollte, hatten die Frauen von Lars und Nils das Fleisch schon gestern besorgt und vorbereitet.
Es schmeckte wieder einmal hervorragend. Natürlich fragte Julia gleich nach dem Rezept und Svenja übersetzte.

Zart rosa gebratenes Elchfilet an Rotwein-Preiselbeersoße

Zutaten: 1 kg Elchfilet, Majoran, Thymian, Salz, grob gemahlener Pfeffer, Butter, 1 Karotte, 2 rote Zwiebeln, 1 Glas Preiselbeeren, 1 l Rotwein, weißen Soßenbinder, 1 EL Crème fraîche, 1 TL Honig, 8 Wacholderbeeren, etwas Estragon, etwas Zimt.

Zubereitung: Die Karotten in Scheiben und die Zwiebeln in Streifen schneiden. Den Rotwein in eine Schüssel geben und mit den Karottenscheiben, den Zwiebeln, dem Thymian, dem Estragon, den Wacholderbeeren und etwas Pfeffer und Salz vermengen.
Das Elchfilet für mind. 8 Stunden, am besten über Nacht, darin einlegen und zugedeckt im Kühlschrank ziehen lassen. Danach das Elchfilet mit einem Küchenpapier gut abtupfen. In einen Bräter etwas Butter zerlassen und ein paar Zweige Thymian dazugeben. Das Filetstück in der Butter von allen Seiten scharf anbraten. Das angebratene Fleischstück zusammen mit den Thymianzweigen in eine feuerfeste Form geben und im vorgeheizten Backofen bei 180 °C ca. 15-20 Minuten weitergaren. Das Filetstück soll innen noch zart rosa bleiben, also öfter kontrollieren (Kerntemperatur Stechthermometer). In der Zwischenzeit den Rotweinsud durch ein Sieb in den Bräter abgießen, in dem das Filetstück angebraten wurde. Etwa 10 Minuten köcheln lassen und mit Preiselbeeren verfeinern, evtl. nachwürzen, etwas Zimt verwenden, Honig beifügen und abbinden. Die Soße mit etwas Crème fraîche verfeinern, danach aber nicht wieder aufkochen lassen.
Das fertige Filetstück mit Pfeffer aus der Mühle und Salz würzen und in Scheiben schneiden. Anrichten und sofort servieren.
Dazu schmecken Bohnen im Speckmantel und Petersilienkartoffeln.

Am Tag darauf überlegte Nils, mit dem Boot zum Einkaufen zu fahren. Das wäre mal etwas anderes. In Richtung der Ortsmitte hatte Sven Lundgren eine kleine Werft, nichts Großes, Reparatur von Motorbooten und einen Bootsverleih. Nils im Besitz eines Bootsführerscheins, nahm Julia, Svenja und Erik als Passagiere mit. Zuerst noch die Schwimmwesten anlegen, dann glitt das Boot schnell auf dem Stora Le nach Norden. Kurz vor Dalsfors passierten sie eine Schleuse, ein interessantes Schauspiel, das Hochheben des Bootes mit Wasserkraft auf das nächste Seeniveau. Das Einkaufszentrum in Dalsfors konnten sie direkt vom Bootssteg aus erreichen. Zur Stärkung gab es zuerst Kaffee und ein Stück Kuchen. Erik hatte von den Frauen eine lange Liste mitbekommen, die es nun abzuarbeiten galt. Julia versuchte die schwedischen Wörter der einzelnen Lebensmittel zu lesen, lernte so was Butter (*smör*), Zucker (*socker*), Mehl (*mjöl*), ein Ei (*ett ägg*) und sechs Eier (*sex ägg*) auf Schwedisch hieß. Nur beim Fleisch und Fisch wurde es wegen den vielen Sorten schwierig. Mit großen Tüten beladen stiegen sie wieder ins Boot. Auf der ruhigen Seeoberfläche gleitete das Schiff bei strahlendem Wetter zurück nach Jaren. Auch das war typisch schwedisch, das Einkaufen mit dem Boot.

19

Doch manchmal wollte Julia mit ihren Gedanken alleine sein, setzte sich in der Nähe des Hauses unter eine große Kiefer, atmete tief ein, roch den harzigen Duft der Borke, dann wieder die frische Brise, die vom See her wehte. Umgeben von Blaubeerenbüschen lauschte sie den Vogelstimmen, versuchte andere Melodien zu erkennen, aber sie klangen gleich, wie in ihrer Heimat. Doch an einer alten, abgestorbenen Kiefer erkannte sie ein großes Loch in dem dicken Stamm, in ungefähr drei Meter Höhe. Auf dem Boden, am Fuße der Kiefer, hockte ein großer Vogel oder war es eine Ente? – Sie konnte es nicht genau ausmachen. Fiepende Laute kamen von dort. Plötzlich erschien oben an der Öffnung des Baumes etwas Gelbbraunes, drängte sich heraus, fiel dann nach unten und wurde von den kleinen Büschen sanft aufgefangen. Die Mutter lockte das Kleine zu sich, das bei ihr Schutz suchte. Wieder die Lockstimme der Alten und nacheinander purzelten drei weitere kleine Federknäuel zu Boden. Gespannt richtete sich Julia vorsichtig auf, um zu sehen, was weiter passierte. Die Familie zog nun in Richtung See, wie in einer Prozession watschelten die Kleinen ihrer Mutter hinterher. Am Seeufer lockte sie noch einmal, um ihnen vor dem Sprung ins Wasser Mut zu machen. Dort nahmen sie ihre erste selbstgesuchte Nahrung zu sich. Alles, was auf der Oberfläche schwamm, wurde sofort ausprobiert, Pflanzenteile, kleine schwimmende Käfer, Wasserläufer, kleine Holzstückchen, die sie aber wieder ausspuckten. Julia sah noch, wie die Gruppe unter dem Ufergebüsch verschwand.

Julia überlegte, ob sie gleich den anderen von ihrem Erlebnis erzählen sollte, entschied aber, zu ihrem ersten Platz unter der Kiefer zurückzukehren. Dort saß sie noch lange, dachte an zuhause. Dachte aber auch, dass sie es genießen konnte, hier zu sein, weit weg vom Alltag, von der Arbeit, vom Büro.

Sie dachte an Stefan, mit dem sie nun fast ein Jahr zusammen war, ihn liebte, manchmal um ihn bangte, wenn er vor Ort von Auslandseinsätzen in den Dokumentationen berichtete.

Sie dachte an ihre gemeinsame Zukunft, wie sie ihr Leben und ihre Ziele gestalten sollten. Dazu gehörte auch, eine Wohnung zu suchen und zusammenzuziehen. Es wurde auch Zeit, schließlich waren sie insgeheim verlobt und eine Hochzeit schon beschlossen.

Wieder zurück im Sommerhaus, berichtete Julia von ihren Beobachtungen und fragte Erik, ob er wüsste, welcher Vogel das sein könnte. Lars als Jäger hatte eine Ahnung. Er vermute, dass es ein *storskrake*, auf Deutsch Gänsesäger sei. Alle lachten über den komischen Namen, fragten nochmals nach, ob er vielleicht falsch übersetzt hätte. Doch er blieb dabei.

Sie schauten im Vogelbuch nach und da stand es schwarz auf weiß: Gänsesäger, gehört zur Familie der Entenvögel, hat als Merkmal eine gebogene Spitze am Schnabelende, nistet in Baumhöhlen nahe am Ufer. Und Lars wusste noch mehr: Normalerweise ist der Vogel zu spät mit der Brut dran, die Brutzeit ist im April oder Mai. Vielleicht hat die Ente erst spät einen Partner gefunden. Auch wusste er, dass die Alte nach dem Schlüpfen der Jungen die Eierschalen frisst, um so an wichtige Nährstoffe und Mineralien zu kommen und um das Nest für die nächste Brut sauber zu halten.

Die Küken sind Nestflüchter, das hieß, sie suchen sich ihre Nahrung außerhalb des Nestes selbst und damit sie das können, lockt die Mutter sie ins Freie. Alle staunten über das Wissen von Lars, der anfügte: »Das war jetzt aber kein Jägerlatein.«

Die erlebnisreichen Tage in Schweden neigten sich dem Ende entgegen und der Flug von Göteborg nach Stuttgart stand bevor. Mit Tränen in den Augen und einem letzten Winken verschwanden Julia und Erik in der Fahrgastbrücke zum Flugzeug.

***

Zuhause überraschte Stefan Julia mit Neuigkeiten. Während ihrer Abwesenheit hatte er Kontakt zu einem Immobilienbüro aufgenommen, vier Eigentumswohnungen besichtigt, eine in die enge Wahl genommen und nun nach Julias Rückkehr eine weitere Besichtigung vereinbart. Julia gefiel die Wohnung, gute Wohnlage im Westen Stuttgarts, U- und S-Bahn gut zu erreichen. Die Räume passend geschnitten, Wohnzimmer, Schlafzimmer mit begehbarem Kleiderschrank, Bad, Gästetoilette, Tiefgarage mit zwei Stellplätzen, Aufzug, alles vorhanden, auch zwei Zimmer zusätzlich, die als Büro genutzt werden konnten. Die Penthouse-Wohnung verfügte über einen umlaufenden großen Balkon, von dem man einen herrlichen Blick über Stuttgart hatte. Julia war glücklich, nun bald mit Stefan zusammenzuwohnen und ihr eigenes gemeinsames Nest zu haben. Nach der Planung über das Einrichten des Mobiliars wurden die neuen Möbel ausgesucht und bestellt.

20

Der Brauch von den sieben Wiesen mit den sieben Wildblumen erfüllte sich. Einige Wochen nach dem Mittsommerfest erhielt Erik eine Einladung zur Hochzeit. Er wusste es bereits, denn still und heimlich hatte sich das Paar verlobt und nun wurde ein großes Fest angekündigt. Als Erik Julia gelegentlich in Stuttgart traf, sagte sie, ihre Entscheidung, Stefan letztlich zu heiraten, sei während des Aufenthalts beim Mittsommerfest gefallen. Weit weg von ihrem Geliebten war die Zeit in der Einsamkeit und Einkehr gut, sich über ihr weiteres Leben Gedanken zu machen und sie spürte im Herzen, dass Stefan der richtige Mann für sie sei.

Teilweise völlig überrascht von der Nachricht waren die Kollegen, die sie nun mit Fragen überhäuften. Wir dachten doch immer, dass zwischen euch beiden etwas lief, bemerkten einige.

Das Hochzeitsaufgebot war ausgeschrieben, die Trauung in der Kirche beschlossen. Als Trautext wählte Julia 1. Korintherbrief, Kap. 13, Vers 13: »Nun aber bleibt Glaube, Hoffnung, Liebe, diese drei; aber die Liebe ist die größte unter ihnen«. ... Die Hochzeitsfeier war in einem Hotel am Monrepossee gebucht. Julia schickte die Einladungen auch an die schwedische Verwandtschaft, die natürlich erfreut teilnehmen wollte. Der große Tag kam. Erik und die geladenen Gäste sahen in der Kirche eine wunderbare Braut in einem weißen Spitzenkleid, die von ihrem Vater zum Spiel der Orgel an den Altar geführt wurde. Stefan wartete dort bereits auf Julia mit einem ganz emotional ergriffenen, glücklichen Blick. Auch Erik sah in Julias Augen dieses Strahlen und Leuchten, welches er von ihr kannte, das Glück und Zufriedenheit bedeutete.
Die Verwandten aus Schweden überraschten die Hochzeitsgäste, indem sie ihrem heimatlichen Brauch folgend

Blumenkränze auf den Köpfen trugen, so auch die Männer, welches von den übrigen Gästen als etwas ganz Besonderes bestaunt wurde.

Etwas anderes hatten sich die Brautjungfern, zu denen auch Svenja gehörte, ausgedacht. Schon von weitem roch man ihre Sträuße, aus stark riechenden Gräsern und Pflanzen gebunden, welches die Kobolde und Trolle abhalten sollte, dem Brautpaar Unglück zu bringen. Emotional bewegt durch Orgelmusik und Gesang, wischte sich Erik immer wieder ein paar Tränen aus den Augen. Nach dem Gottesdienst bildeten draußen vor der Kirche die Kolleginnen und Kollegen mit den Filmkameras ein Spalier, hielten dabei die wichtigen Szenen fest.

In kleinen Konvois ging es dann zum Seeschloss Monrepos. Dort wurden nochmals die Kameras ausgepackt, die LED-Scheinwerfer platziert und alles Bewegte und Bewegende festgehalten. Viele der Gäste nutzten das herrliche Wetter, ein paar Schritte um den See zu gehen. Dann begann die offizielle Feier am Nachmittag, zuerst wurde Kaffee und Kuchen gereicht.

In kleinen Gruppen saßen die Gäste im Freien unter den Schirmen, geschützt vor der warmen Sonne. Lars balancierte auf seinem Teller ein großes Stück Schwarzwälder Kirschtorte. Mit Genuss und lobenden Worten über dieses einmalige Gebäck bemerkte er, daran könnte er sich gewöhnen und dies könnte auch der Kanelbulle den Rang ablaufen.

Mit festlichem Programm folgte der Abend. Die Väter der Braut und des Bräutigams hielten ihre Festreden an das Brautpaar, auf den wundervollen Tag, die freundlichen Gäste, von denen auch welche aus dem weiten Schweden angereist seien. Nils fühlte sich daraufhin angesprochen und begann seine Rede auf Schwedisch, dabei trug er immer noch den Blumenkranz auf dem Haar. Erik übersetzte in Abständen Nils Rede. Nach dem großen Applaus ging er mit Svenjas Spezialblumenstrauß zum Brautpaar, das er mit wedelnden Bewegungen von oben bis unten von den letzten hartnäckigen Kobolden und Trollen befreite. Es war wie das frühchristliche Ritual mit Weihrauch und Räucherwerk, Gott gnädig zu stimmen oder gar das Böse zu vertreiben.

Wieder kam die Gesellschaft in Feierlaune, Lachen, Zuprosten, Anstoßen, Hochrufe mischten sich in die Ausgelassenheit der Menschen. Das Schwedische *Skål!* Zum Wohl! war öfters zu hören.

Als sich Erik in den ersten Morgenstunden von Julia verabschiedete, sie umarmte, sah er in ihren hellen, doch nun müden Augen Dankbarkeit, Glück und Zufriedenheit.

21

So nach einigen Wochen spürte Erik immer wieder Stiche im linken Knie. Die Ratschläge des Orthopäden – Umschläge und Tabletten – brachten aber nicht den gewünschten Erfolg, im Gegenteil, das Knie schwoll immer mehr an. Vielleicht bringt Punktieren etwas. Also probierten die Ärzte diese Methode, aber ohne Erfolg, der Erguss kam wieder.

Über einige Wochen quälte sich Erik dahin, konnte fast nicht mehr, bis eine MRT–Untersuchung Licht in das Dunkel brachte. Diagnose: keine Knorpelsubstanz mehr auf dem Kniegelenk, Arthrose Grad IV, mit dem einzigen Weg zur Besserung oder Erleichterung über eine Knie-OP, das hieß, Einsetzen einer Oberflächenprothese. Das war ernüchternd. Zeigte ihm doch sein Körper eine Schwachstelle, die es zu reparieren galt.

Der Zeitpunkt nach der überstandenen Operation fiel mit seinem Geburtstag zusammen. So musste in der Klinik gefeiert werden.

Nachmittags kamen Kristina mit ihrem Mann und Hendrik, der so den Opa noch nie gesehen hatte, mit großem Verband am Knie, mit Gehhilfen, humpelnd durch das Zimmer laufend. Eine kleine Geburtstagstafel wurde aus zusammengeschobenen Tischen im Aufenthaltsraum inszeniert. Es gab Käsekuchen und Christstollen von Kristina, dazu natürlich herrlichen selbstgemachten Bohnenkaffee aus der Thermoskanne. So hatten sie einen harmonischen und für Krankenhausverhältnisse gelungenen Geburtstagsnachmittag.

Einige Tage später packte Erik den Koffer für die Weiterreise zur Reha-Klinik in Bad Bergzabern. Nach eineinhalb Stunden Fahrt mit dem *VITO*-Bus kamen er und die anderen Mitpatienten vor dem Gebäude an, das nun für drei Wochen ihr Zuhause sein sollte. Es ging nun darum, die Beweglichkeit des Knies wiederherzustellen. Verschiedene Anwendungen wurden verordnet.

»Etwas Übergewicht, ... Sie sollten versuchen etwas abzunehmen, Ihr Körper dankt es Ihnen«, sagte der Stationsarzt, »aber jetzt nicht in der Klinik, hier sollten Sie es sich gutgehen lassen. Keinen Stress – konzentrieren Sie sich auf Ihre Genesung und aufs Wohlfühlen.«

Erik hatte sich dieses Gefühl ›Wohlfühlen‹ lange nicht mehr gegönnt. Sich richtig wohlfühlen, den Alltag vergessen, nicht überlegen, was koche ich, was kaufe ich ein. Einfach sich an den gedeckten Tisch zu setzen, Essen serviert bekommen, mit netten Leuten am Tisch reden, abends im Klinik-Bistro bei einem kleinen Bier den Tag ausklingen lassen, das alles gab es jetzt für ihn, nicht umsonst, dafür musste er das Reha-Programm tagsüber abarbeiten. Die Anwendungen waren angenehm, taten gut, förderten die Beweglichkeit und die positive Lebenseinstellung. Der Oberarzt hielt am Nachmittag Vorträge über die Vorbeugung von Herzinfarkt, Gehirnschlag und Arthrose. Anschaulich über eine Powerpräsentation wurden die Risikofaktoren durchgesprochen.

Diese waren: *Hoher Blutdruck – Rauchen – Alkohol – Übergewicht – zu wenig Bewegung!*

Angeregt durch die Worte des Arztes, wurde ihm wieder bewusst, dass mindestens drei oder auch vier dieser Faktoren auch auf ihn zutrafen. Er sollte unbedingt etwas ändern. Sonst waren er und die Ärzte mit dem bisherigen Krankheitsverlauf zufrieden.

Wieder zu Hause, wirkte die Kur lange nach. Auch seine positive Einstellung und die Freude auf das bevorstehende Weihnachtsfest stimmten heiter. Doch wie war das mit dem Abnehmen? Jetzt vor Weihnachten abnehmen? Das ging doch gar nicht! Die Aktion wurde auf Januar verschoben. Im Januar, Hendriks Geburtstag, wieder leckere Speisen. Aber es gab ja noch sieben Wochen »OHNE«. Fastenzeit, eine gute Gelegenheit, um an die Pfunde ranzugehen.

Es gab immer Ausreden, Schlupflöcher, um das Abnehmen nicht anzupacken. 8 bis 10 kg abnehmen wäre eine gute Sache, wo ein Wille ist auch ein Weg.

Erik hatte nun eine längere Zeit mit dem Schreiben ausgesetzt, notierte aber auf kleinen Zetteln die Begebenheiten in zeitlicher Abfolge, so dass er sich dadurch die Übersicht bewahrte.

Um körperlich in Form zu bleiben, versuchte er durch Schwimmen im Heilbad die Muskulatur zu trainieren, hatte Krankengymnastik verordnet bekommen, dachte nach über die erste große körperliche Beeinträchtigung in seinem Leben und wollte es nicht wahrhaben, dass ihm sein Körper Schwachstellen aufzeigte. So beschloss er, auf seinen Körper zu hören, ihn zu fragen und bekam als Antwort:

– zu viel Gewicht,
– zu hoher Blutdruck,
– zu viel Alkohol ...
drei Dinge, die es galt näher anzuschauen.

Alle drei hingen irgendwie zusammen. Zu viel Gewicht lässt den Blutdruck steigen, bei übermäßigem Alkoholgenuss wird weniger Fett verbrannt und im Körper gespeichert. Er wusste von diesen Zusammenhängen – nun galt es diese auch zu beherzigen.

Es kam eine Zeit, die forderte ein großes Maß an Disziplin. Erik versuchte ohne mentale Unterstützung zu beginnen. Mit Alkohol hatte er keine Probleme, kein Wein, Bier, Prosecco, dafür Mineralwasser, Apfelschorle, Tee, Kaffee alles ohne Zucker gesüßt. Mit dem fettreduzierten Essen war es schon schwieriger. Er suchte im Internet nach dieser Organisation mit den zwei *Ws* und nahm an den Treffen teil. Es erwarteten ihn zirka 20 Frauen und drei Männer, alle mit dem Ziel, Gewicht zu verlieren. Durch eine fachkundige Leiterin, den Coach, wurde über Programme, Essverhalten, aber auch über

Essfallen mit viel Lob und Anerkennung das Wichtige angesprochen.

Die motivierenden und ermutigenden Worte der Trainerin blieben bei Erik nicht erfolglos. Nach drei Wochen erhielt er seinen ersten Stern für drei Kilo Gewichtsabnahme.

Der Beifall der anderen machte Mut, dranzubleiben und die Gemeinschaft war es, die sich selbst herausforderte. Das Wir-Gefühl, gemeinsam sind wir stark – wir schaffen es, war ein Motivationsmotor der Gruppe.

In drei Monaten hatte Erik zehn Kilo abgenommen. Seine weggehängten Hosen holte er aus dem Kleiderschrank, zog sie stolz an und er wollte es nicht glauben, als sein Umfeld bemerkte: »Haben Sie abgenommen? Man sieht es, es steht Ihnen gut!«

»Danke«, ... kam von Erik.

Und was ihn noch mehr freute, sein Blutdruck hatte sich wesentlich reduziert. Um es mit anderen Worten im Rückblick zu sagen: Erfolgreich abzunehmen und dann das Gewicht dauerhaft zu halten, ist nichts für Feiglinge.

23

Schon nach kurzer Zeit hatte sich das junge Paar eingelebt. Julia und Stefan fühlten sich in ihrem neuen, eingerichteten Heim wohl. An einem Samstagnachmittag kam Erik zur Wohnungsbesichtigung und auf ein Tässchen Kaffee vorbei. Er brachte nach altem Brauch Brot und Salz mit, beglückwünschte die beiden zu ihrem schönen Domizil. Nach dem schwedischen Rezept zauberte Julia herrlich frischgebackene *Kanelbullar* auf den Tisch und Erik lobte: »Die schmecken selbst in Schweden nicht besser.« Erik spürte das etwas feierliche Verhalten der beiden, sah an Julias Augen einen besonderen Glanz und fragte:

»Ist irgendetwas, was ihr mir sagen wollt?«

»Ja«, bestätigte Julia überglücklich, »wir bekommen ein Baby.«

Große Freude erfüllte den Raum. »Ein kostbares Geschenk für uns alle«, bemerkte Erik erfreut.

* * *

Einige Tage später versuchte Erik wieder zu schreiben. Aber es lief Erik nicht so gut von der Hand. Er konnte sich nicht konzentrieren, hatte eine Leere, musste längere Pausen machen, fühlte sich ausgelaugt. Er dachte an Schweden, die unendliche Weite, die frische Luft, die dunkelgrünen Wälder, die klaren blaugrünen Seen und darüber der blaue Himmel. Er dachte an das Sommerhaus am See, das Haus, das über Generationen den Familien Hellström gehörte und immer ein Treffpunkt zu verschiedensten Anlässen war.

Gedankenversponnen hörte Erik von weitem das Klingeln des Telefons. Sein Vetter Lars aus Stockholm war am Apparat.

»Hallo Erik, wie geht's? Ich hoffe doch gut. Ich wollte meinen 65. Geburtstag in 14 Tagen im Sommerhaus in Jaren feiern und dich dazu herzlich einladen. Hättest du Zeit?«

»Lieber Lars«, kam als Antwort, »Rentner haben fast immer Zeit.«

»Dann kann ich also mit dir rechnen. Ich freue mich!«

»Ich auch und bitte Lars, sage noch deinem Bruder Nils Bescheid, dass ich mit dem Flugzeug in Göteborg ankomme, die Ankunft gebe ich per E-Mail noch durch. Wenn er noch in seinem Auto Platz hat, kann er mich ja mitnehmen, dann brauche ich nicht mit der Bahn nach Ed fahren.«

»Ja, alles klar!«

»Ja, alles klar, wir haben noch ein bisschen Zeit. Danke dir für die Einladung!«

Erik beendete das Gespräch.

Mit etwas Glück kommen die guten Dinge zur richtigen Zeit. Es war richtig, an dieser Stelle eine Pause einzulegen, wegzufahren, etwas anderes sehen, Gedanken neu zu ordnen. Im Internet suchte er nach einem Flug von Stuttgart nach Göteborg.

Von dort aus könnte ihn Nils zum Sommerhaus mitnehmen. Erik hatte den Kontakt zu seinen Cousins immer für wichtig gehalten, sie waren seine Verwandten, mit gleichen Wurzeln, mit gleichem Großvater. Die Familien hielten zusammen. Erinnerungen tauchten wieder auf. Als Erik noch ein Kind war, durfte er die Sommerferien in Schweden verbringen, eine Zeit voller Spaß und vieler Abenteuer. Früh lernte er die Sprache und die schwedische leichte, naturverbundene Art zu schätzen.

24

Das Flugzeug landete in Göteborg. Nils´ Familie holte Erik ab. Zuvor hatte er seinem Vetter Lars über seine angefangene Erzählung berichtet und wollte nach dem Fest, wenn alle wieder zuhause waren, weiterschreiben. Der Laptop und alles Zubehör waren eingepackt. So rechnete Erik, seine Arbeit Anfang November beenden zu können.

Aber zuerst wurde gefeiert. Es war ein großartiges Fest, die Frauen hatten alles bestens vorbereitet, es mangelte an nichts, Fleisch, Fisch, Kuchen, Wein, Bier, alles was das Herz und der Magen begehrte. Nur wusste er inzwischen, wie mit Kalorien umzugehen waren, und seine Hosen sollten weiter passen. Da Lars inzwischen leidenschaftlich Golf spielte, hatte sein Bruder Nils die Idee, ein Golfschläger-Set zu schenken, und fragte Erik, ob er sich dabei beteiligen würde. Es war ein gelungenes, gut gewähltes Geschenk, da Lars sein Handicap laufend verbesserte und er sich selbst damit befasste, bessere Schläger zu kaufen.

Erik begegnete auch Britta. Ihm wurde wieder das tragische Schicksal des Paares vor zwei Jahren bewusst. Sie waren nach Bengts Pensionierung wieder zurück nach Schweden gegangen, kauften sich unweit vom Sommerhaus ein kleines Haus und ließen es sich gutgehen. Bengt schaute nach dem Haus, wenn die Familien Hellström nicht da waren, mähte den Rasen, pflegte mit Britta die Blumen. Dann erkrankte Bengt plötzlich an einer schweren Lungenentzündung. Er wurde auf Anweisung des Arztes nach Stockholm in eine Spezialklinik verlegt. Dort versuchten die Ärzte mit Antibiotika, den Verlauf der Krankheit zu stoppen. Aber es war zu spät, nichts mehr zu machen.

Damals reiste Erik zu Beerdigung, auch seine Vettern kamen, um Britta beizustehen. Seither hatte Erik Britta nicht mehr gesehen, weil er letztes Jahr wegen der Knieoperation nicht in Schweden war. Britta und er hielten aber immer Kontakt über das Telefon. Er wusste auch, dass Britta über den Verlust von Bengt sehr litt, er konnte, selbst als Betroffener, dieses gut nachfühlen. Um etwas abgelenkt zu sein, kümmerte sie sich nach wie vor um das Sommerhaus, wenn die Hellströms in Stockholm oder Göteborg waren. Britta sah immer noch bezaubernd aus, sie war gepflegt, tönte ihr Haar blond, hatte eine anmutige Figur.

Zwei Tage blieben die Verwandten noch da, tauschten Neuigkeiten aus, unterhielten sich, fragten unter anderem Erik, wie es Julia ginge. Sehr erfreut wurde die Nachricht aufgenommen, als sie erfuhren, dass Julia ein Baby bekommt.

***

Nachdem Erik die Freunde und Verwandten verabschiedet hatte, begann er gleich mit der Arbeit. Er teilte es so ein, Schreiben am späten Vormittag, dann eine Pause, eine Kleinigkeit essen, Kaffee trinken.

An Tagen, wenn die Sonne nochmals versuchte, den Sommer zurückzuholen, ging er zu der großen Kiefer, an Julias Lieblingsplatz. Er setzte sich zwischen den Wurzeln auf den noch warmen Boden, sah dem emsigen Treiben der Waldameisen zu, die in der Nähe an ihrem Nest bauten. Auch er liebte diesen Platz, den Blick zum See, die Weite und die Stille am Nachmittag. Er dachte, hier saß sie, traf vom Herzen her die Entscheidung, dass Stefan ihr Mann werden sollte. Und Erik konnte es nachvollziehen, sah er doch, wie glücklich die beiden waren. Und von dieser großen Liebe beschenkt, sollten sie nun bald zu dritt sein.

Erik ging zurück ins Haus, setzte sich an den Laptop und schrieb, bis Britta kam.

Seine Aufzeichnungen auf den Zetteln waren ihm nun eine Hilfe, diese bestand manchmal nur aus Stichworten, aber bei dem jeweiligen Hinweis erinnerte er sich schnell an das Geschehene. So fügte sich Kapitel nach Kapitel zu einer Erzählung, in der er das Erlebte nochmals vorbeiziehen sah.

Britta und er vereinbarten, solange Erik mit dem Schreiben beschäftigt war, dass sie abends für beide etwas kochen würde. Brittas hervorragende Kochkunst wusste Erik zu schätzen und er geizte nicht mit Komplimenten. Nach dem gemeinsamen Abendessen las Erik Britta vor, was er tagsüber geschrieben hatte. Sie hinterfragte dieses und jenes. Dies gab so Erik eine Kontrolle, ob Sachverhalte und die Zusammenhänge richtig verstanden wurden.

Britta lebte wieder etwas auf. Mit Erik konnte sie über ihre Trauer und auch über die manchmal schweren Tage reden. Sie kannten sich seit vielen Jahren. Auch Brittas Reaktion war vergessen, als Erik ihr über die Begegnungen mit Julia berichtete. Sie hatte es damals nicht nachvollziehen können, warum Erik derart von Julia beeindruckt und gefesselt war, dass er diesen Kick von der jungen Studentin brauchte.

Nun, Jahre danach, war dies kein Thema mehr und Erik lebte schon lange allein, überlegte sich, ob er das Haus in Deutschland nicht verkaufen sollte, um ganz nach Schweden zu ziehen. Dieser Gedanke wurde stärker, als er nun Brittas Einsamkeit erlebte, ihre Zuneigung zu ihm spürte, er aber so sensibel war, ihr die notwendige Zeit zur Trauer zu lassen.

Eines Abends, Erik hatte Britta vorgelesen, stand er am Fenster und schaute, wie der Wind die Zweige hin und her schob, sah zum aufgehenden Mond hoch und dachte, wie wird es weitergehen mit Britta, sie und er, beide nun alleine. Würde sie wieder Nähe zulassen können? Und wann? Kurz danach spürte er, dass Britta ihn von hinten umarmte. Sie drückte ihren Körper an Eriks Rücken. Er drehte sich langsam um, auch seine Arme umschlossen Brittas Körper. Er zog sie an sich und sagte leise, etwas zögerlich:

»Ich liebe Dich.«
»Ich liebe Dich auch«, kam es zurück. Aber auf Schwedisch: »*Jag älskar dig också.*«

Immer wenn es um Gefühle ging, kam Brittas Muttersprache durch, ein Zeichen, dass sie mit dem ganzen Herzen fühlte.

Ruhig und sanft nahm er ihren Kopf in seine Hände und küsste zärtlich ihre Lippen, dann ging er Richtung Schlafraum, streckte im Gehen seine Hand nach hinten aus, Britta griff nach ihr und folgte ihm. Im Dunklen legten sie sich mit den Kleidern nieder, bedeckten sich mit einem dünnen Seidentuch. Aus dem zögerlichen Küssen wurde mehr, bis Erik innehielt und sie leise fragte:

»Bist du dir bewusst, was wir tun?« Darauf antwortete sie: »Wie lange sollen wir noch warten, keiner von uns weiß, wie viel Zeit uns bleibt.«

Und auf Schwedisch folgte:

»*Ja jag vet vad jag gör.*«
Ja, ich weiß, was ich tue.

Obwohl Erik über die ganzen Jahre Britta nahegekommen war, sie sich tausendfach berührten, unverfänglich anfassten, umarmten und sie sich beim Saunieren oft nackt gesehen hatten, war immer das unausgesprochene Gebot da, von dem anderen nicht mehr zu wollen und seine Situation zu respektieren. Erst als Britta nach der Trauer wieder begann, am vollen Leben teilzunehmen, änderte sich diese Einstellung.

Nun galt es sich von der selbstauferlegten Askese zu befreien. Das nun andere, ... das intime Nacktsein, das Spüren der Wärme Seite an Seite, der aphrodisierende Duft ihrer Körper, das Aufkommen eines erotischen Vorgefühls auf das, was beide bald erwarten sollte, ließ die Schüchternheit weichen. Angezogen von einer zarten und sich langsam steigernden Begehrlichkeit, streiften sie behutsam ihre Kleider ab, ohne Hast, immer mit der Gewissheit, dass es auch für den Partner angemessen schien. Liebevoll berührten sie die nackten Körperpartien, wurden erregt und merkten bald, dass das Feuer trotz des Alters in ihnen noch nicht erloschen war.

25

Am Samstag und am Sonntag schrieb Erik nicht. In den noch warmen Tagen im September unternahmen sie kleine Ausflüge mit Brittas *VW-Golf*. Es war Erik recht, dass Britta fuhr, er konnte sich auf sie verlassen, sie fuhr gut und vorsichtig. Sie liebten das Umland, suchten sich ein kleines Café, ein Restaurant an einem See oder hatten einen Picknickkorb mit Köstlichkeiten dabei. Am Waldrand breiteten sie eine Decke aus, genossen die mitgebrachten Speisen. Britta legte ihrem Kopf an Eriks Oberkörper, schaute in den blauen Himmel und fragte: »Glaubst du an Gott?«

Erik antwortete: »Ich glaube, dass alles was wir hier sehen und fühlen, das herrliche Land, unsere späte Liebe, von einem Höheren gemacht ist, ob du nun Gott, Allah, Brahma oder Shiva sagst, egal … die meisten Menschen auf dieser Erde wollen Frieden und in Unversehrtheit leben. In ihren Liedern singen sie von einem Schöpfer, der Großes und Gutes tut und sie beten, er solle sie beschützen, dass sie ihm dafür danken können.«
Auch sie spürten es, das Beschütztsein, als hielte jemand seine Hand über sie.

∗∗∗

Langsam näherte sich Erik an die Echtzeit der Erzählung, er war im Hier und Jetzt angekommen. Nun hatte er die letzten Sätze des Schlussteils seiner Erzählung aufgeschrieben, das Ganze auf CD-ROM gespeichert und ein Papier-Exemplar ausgedruckt. Er schob nun den Stapel der nummerierten Blätter und die CD in ein großes braunes Kuvert. Auf einem neutralen Briefblatt fing er an, mit seiner Handschrift zu schreiben:

Meine liebe Julia!

Julia, ich habe dich gleich von Anfang an, als wir uns zum ersten Mal begegneten, von Herzen gerne gemocht – geliebt wäre anmaßend zu sagen und würde mir auch nicht zustehen. Nein, es ist eine andere Liebe, eine Liebe, so wie zwischen Vater und Tochter, eine Liebe, die die Reinheit bewahrt und die Unversehrtheit beschützt. Ich dachte, nur so können unsere Seelen heil bleiben. Du hast mir viel in diesen letzten Jahren gegeben, an Zuneigung, Anerkennung und Wertschätzung. Es war für mich damals so wichtig, dass du, mich als älteren Menschen, an deinem jungen Leben teilhaben ließest. Es hat mich froh und glücklich gemacht.
In den letzten Monaten habe ich nun unsere Geschichte aufgeschrieben, mit meinen Worten, meinen Sätzen, nicht begabt genug, um als großer Schreiber oder Schriftsteller zu gelten. Ich sage es einmal so, ... ich bin Autor von diesen vielen Seiten Gedrucktem, nicht Lektoriertem, etwas Schwarzem auf weißem Papier. Das Entstandene ist für mich so wertvoll, dass ich dir diese Erzählung gewidmet habe. Ein Einschreibebrief an die Rechtsanwälte Frank & Maier in Stuttgart mit meiner Verfügung, dass du die Urheberrechte erhalten sollst, ist bereits unterwegs. Es gibt nur dieses Exemplar, alle Daten und Recherchen über diese Geschichte sind auf dem Computer gelöscht und du bist die alleinige Wissende von der Existenz dieser Geschichte. Sie ist nun deine Geschichte, sie gehört dir. Ich weiß, nur du kannst sie beurteilen, nachvollziehen und wirst sie wertschätzen.

In inniger Liebe,

Dein Erik.

Erik steckte nun auch den handgeschriebenen Brief mit in das Kuvert und verschloss es. Außen schrieb er Julias Stuttgarter Adresse auf. Gleich am nächsten Tag gingen Britta und Erik zur Post, um das dicke Kuvert aufzugeben. Ihr Weg führte sie an der kleinen Kirche mit dem Friedhof vorbei. Britta hatte eine Grableuchte dabei und stellte sie bei Bengt am Grab auf. Der warme, rotgelbe Schein des Lichts versuchte gegen das Grau des kalten und trüben Tags anzukommen. Trotz des nahenden Winters folgte nun eine wunderbare Zeit für die beiden, Erik nun glücklich seine Erzählung abgeschlossen und diese auf den Weg zu Julia gebracht zu haben. Für Britta, dass Erik wieder mehr Zeit für sie hatte.

Der Tagesablauf änderte sich. Auch Britta änderte sich. Sie kam nun schon morgens zum Frühstück, und wenn Erik noch im Bett lag, zog sie sich wieder aus und legte sich nackt zu ihm. Erik küsste sie am ganzen Körper, berührte ihre großen Brüste mit der Zungenspitze. Er hatte es noch nicht verlernt, das taktile Einsetzen von Zunge und Fingerspitzen, das sanfte Berühren der erogenen Zonen. Britta beantwortete sein Tun mit einem wohligen Stöhnen. Sie war erregt, konnte ihren Körper nicht mehr ruhig halten, umschloss Eriks Hüften mit ihren Schenkeln, presste sie leicht zusammen und er spürte von seinen Lenden ausgehend ein Gefühl, welches die Spannung nach unten weitergab.

Lange hatte er auf eine solche Gelegenheit warten müssen, die sich nun in intimer Zweisamkeit ergab. Mit ihrem warmen Körper empfing sie ihn, zeigte ihm, dass er bei ihr willkommen und nun am Ende einer suchenden Reise angekommen war. Beide bildeten eine Einheit, ein geschlossenes Ganzes und versanken in liebkosender Seligkeit.

26

Der Anfang des Monats November zeigte sich mit voller Härte. Ein eiskalter Wind fegte über Land und Seen, Zeit für Erik, die Heimreise vorzubereiten. Zuhause wollte er im Dezember seinen Geburtstag feiern. Im kleinen Kreis, wie er meinte. Dazu sollte Britta nach Deutschland kommen und über Weihnachten bis zum neuen Jahr bei ihm bleiben. So war es geplant. Einige Tage später rief Julia auf Eriks Handy an und berichtete von der großen Überraschung, das Päckchen sei angekommen, sie hätte auch schon angefangen zu lesen und wollte am Wochenende damit weitermachen. Auch habe sie schon Kontakt mit dem Anwaltsbüro in Stuttgart aufgenommen und alles besprochen. Sie sei sichtlich überrascht gewesen, von Erik diese Wertschätzung zu erhalten und habe sich riesig gefreut über dieses grandiose Geschenk.

Abends saßen Britta und Erik noch zusammen, aßen kleine Häppchen, die Britta gerichtet hatte, tranken etwas Rotwein, prosteten sich auf ihre Zweisamkeit und auf das geschaffene, vollendete Werk von Erik zu. Erik legte den Arm um Britta und schaute sie an. Ihr Blick, sonst klar und hell, wirkte traurig.

Nach einer längeren Pause sagte sie:

»Erik, ich muss daran denken, dass du bald nach Deutschland zurückgehst und wir wieder getrennt sind. Ich kann und will mich nicht mit dem Gedanken abgeben, erneut alleine zu sein. Du, bisher mein bester Freund und nun neben meiner Tochter bist du mir das Liebste geworden.«

Erik küsste sie zärtlich und antwortete:

»Es geht mir wie dir, all die Jahre des Alleinseins habe ich gekämpft, um über den Verlust der Partner nicht zu verzweifeln. Mit großer Anstrengung, immer darauf bedacht, stark zu sein. Nie die Schwäche nach außen zeigen, so machte ich mir etwas vor, redete mir ein, im Alter braucht man keinen Partner mehr. Das war Selbstbetrug, ich spüre es nun, was mir entgangen ist. Leider warst du damals nicht frei und eine Ehe wollte ich nicht zerstören. Eine andere Gelegenheit hat sich leider nicht ergeben und beim besten Willen, zaubern kann ich nun mal nicht.«

Britta legte ihren Kopf an Eriks Brust, fühlte sein Herz schlagen, nun etwas schneller, denn seine Worte verlangten nach einer Lösung.

»Wir müssen uns klar werden, was am besten ist, ohne große Kompromisse einzugehen, so stellt sich nun die Frage: Deutschland oder Schweden?«, antwortete Erik.

Britta überlegte, Schweden – ihr Geburtsland, das kleine Haus am Stora Le, die schwedischen Freunde und Bengts Grab auf dem Friedhof, alles Dinge, an denen ihr Herz hing. Dem gegenüber stand, weiter alleine zu leben, die neue Liebesbegegnung zu Erik zeitweise vermissen, die Sehnsucht nach ihm – auszuhalten. Fast wiegten die letzten Argumente schwerer.

Eriks Entscheidung in Deutschland zu bleiben, hinge nun von Britta ab. Wäre sie bereit zu ihm in sein Haus zu ziehen? Wieder nach Deutschland zu kommen? Britta kannte ja Eriks Umfeld, sein Haus und seine Wohnung. Lange Zeit zuvor, als sie die Freundin seiner verstorbenen Frau war, hatten sie und Bengt fröhliche Stunden dort erlebt. Dann als Eriks Frau starb, entwickelte sich auch eine Freundschaft zu Eriks neuer Lebensgefährtin. Ein wichtiger Beweggrund, den Britta nicht außer Acht ließ, war, dass ihre Tochter in Stuttgart lebte. Sie, gerade frisch verliebt, wollte mit ihrem Freund eine Wohnung suchen und mit ihm zusammenziehen. Die Nähe zur Tochter, mit ihr sich spontan treffen zu können, bewegte Britta sichtlich. Wie geplant, sollte Eriks Geburtstag im Dezember gefeiert werden und Britta hatte ihm versprochen zu kommen. Das könnte nun *die* Zeit der Entscheidungen werden.

***

Es war höchste Zeit, das Sommerhaus auf den Winter vorzubereiten. Erik und Britta begannen an den Zimmern, die jetzt nicht mehr zum Wohnen benutzt wurden, klappten dort die Fensterläden zu, befestigten sie, um den Winterstürmen keine Angriffsfläche zu bieten. Die Wasserleitung zum Garten, zum Außenbereich, dem Saunahaus und dem Sägewerk musste geschlossen und entleert werden, viele Dinge waren zu tun und sie brauchten zwei Tage, um alles sorgfältig zu erledigen.

Erik hatte seine Koffer gepackt. Eine Nacht noch hier schlafen und die Heimreise folgte. Britta ließ es sich nicht nehmen, die letzte Nacht mit Erik zu verbringen. Fast die halbe Nacht lagen sie sich in den Armen, küssten sich zärtlich, zeigten, wie sehr sie sich von Herzen liebten. Dass Britta der Abschied schwer fiel, fühlte er an den tränennassen Wangen und hörte es an ihrem leisen Schluchzen.

Am Tag der Abreise sah Erik beim Abschied in Brittas Augen zwar Trauer, aber auch, dass er hoffen konnte. Erik spürte bei der Umarmung ihre Liebe und küsste sie lange und innig. Mit seinem Freund Sven Lundgren vom Bootsverleih hatte Erik vereinbart, dass er ihn mit dem Auto bis nach Ed mitnehmen solle und von dort aus würde er dann den Zug nach Göteborg nehmen. Es lief alles planmäßig und sein Cousin Nils holte Erik an der Bahn ab und brachte ihn zum Flughafen.

Nachwort

Stuttgart empfing ihn mit Nieselregen. Wieder zu Hause, machte er sich zuerst einen Kaffee. Kristina hatte ihm die nötigsten Lebensmittel besorgt, um den Start zu erleichtern. So fand er unter dem Bereitgestellten: Brot, Butter, Wurst und Käse. Gemütlich am Tisch mit Kaffee und belegten Brötchen sah er den Stapel Post durch und freute sich, wieder zu Hause angekommen zu sein.

Der Geburtstag rückte immer näher. Kristina bot ihm an, in ihrem Haus das Fest auszurichten, einmal wegen der besseren Vorbereitungsmöglichkeiten und wegen der Platzverhältnisse. Ein großes Zimmer war vorhanden, um eine lange Tafel aufzubauen. Zwei Tage vor der Feier kam Britta. Erik und Svenja holten sie vom Flughafen ab. Svenja freute sich, ihre Mutter wieder zu sehen, und auch Erik schloss Britta liebevoll in die Arme.

Es hatte sich herumgesprochen, dass Britta und Erik nun ein Paar waren. Kristina und Svenja freuten sich über die Liebe und das Glück der beiden, dachten sie doch an das Ende einer einsamen Zeit von Vater und Mutter.

Am Geburtstagsmorgen war Britta heimlich aus dem Zimmer geschlichen, um Erik nicht zu wecken, machte Frühstück, stellte ein kleines Sträußchen mit Eriks Lieblingsblumen, den Christrosen, auf den Tisch. Vom Kaffeeduft angelockt, erschien Erik im Pyjama. Britta nahm Erik in die Arme, küsste ihn, wünschte ihm alles Gute, viel Freude und Glück. Das Glück hatte nun Erik mit Britta gefunden und Freude strahlte aus ihren Augen, wenn sie sich ansahen.

Tage nach dem Fest saßen sie vor dem offenen Kamin, Britta lehnte ihren Kopf an Eriks Schulter. Er schaute ins Feuer, dachte an Jaren, an das Sommerhaus, an den Platz unter der Kiefer, an Julia, die bald Mutter wurde, und er spürte eine unendliche Ruhe und Zufriedenheit.

Noch einmal gingen seine Gedanken zurück zum Haus. Er sah sich am Fenster stehen, die Augen in die Ferne gerichtet:

Der Blick vom Haus zum See glich einem Gemälde.

Der See dunkelblau, der Himmel getaucht

in ein helles Blau mit weißen Wolken.

Ruhig die Seeoberfläche.

Nichts war störend.

ENDE

Danke...

• der höheren Macht, welche mir neue Wege zeigte, die ich gehen musste, um über das Leid zu kommen - neue Wege, die ich so noch nicht kannte.

• Ursula Jetter (Dipl. Päd. u. Psych., Schriftstellerin und Herausgeberin der Literaturzeitschrift »exempla«) für ihre Anregungen, Hilfen und Ermutigungen.

• Gisela und Wolfgang für Formulierungsvorschläge und fürs Lektorieren.

• Ann-Sofie und Klaus für die Unterstützung im Schwedischen. Ohne sie hätte ich vielleicht das Land Schweden in dieser Form nicht kennengelernt, auch nicht das Sommerhaus am Stora Le.

• Elisabeth und Manfred, die mir immer wieder zuhören mussten, wenn ein neues Kapitel geschrieben war.

• Holger für die Nachhilfe beim Formatieren.

• allen Freundinnen und Freunden, die mich unterstützten und mir Mut gaben.

Quellenhinweise (alphabetisch)

• **Adele (britische Sängerin)** Adele Laurie Blue Adkins MBE (* 5. Mai 1988 in London), besser bekannt als Adele, ist eine britische Pop-, Soul-, Jazz-und R&B-Sängerin und Songwriterin sowie Oscar-, Golden Globe und zehnfache Grammy-Gewinnerin. Bis 2012 verkaufte sie rund 50 Millionen Tonträger. (Wikipedia)

• **Fähren** nach Skandinavien
www.stenaline.com

• **Gesellschaft für Archäologie** in Württemberg und Hohenzollern e.V.
Berliner Str. 12
73728 Esslingen

• **Kodominanz** ist ein Begriff aus der Genetik, der zur Beschreibung der phänotypischen (= sichtbaren) Ausprägung von Erbmerkmalen bei Organismen verwendet wird. Für Kodominanz ist Voraussetzung, dass ein Organismus wenigstens diploid ist – also wenigstens einen doppelten Chromosomensatz besitzt.
(Wikipedia)

• **Rezepte**
sind im Internet unter:
www.daskochrezept.de
www.lecker.de
www.chefkoch.de zu finden.
Gerichte passend zu Schweden und der Erzählung etwas verändert.

• **OneRepublic** ist eine US-amerikanische Pop-Rock-Band aus Colorado. Zur Fußball-Weltmeisterschaft 2014 in Brasilien wählte des ZDF *Love • Runs Out* vom Album *Native* (Re-Release 2014) als offiziellen Song für seine Fußballübertragungen aus. (Wikipedia)

• **WeightWatchers**
www.weightwatchers.de

Der Autor:

Günter Thumm, Jahrgang 1942, in Tuttlingen an der Donau geboren, Witwer, Betriebswirt, früher selbständiger Vertriebsbeauftragter zweier Münchner Firmen in der Elektronik-Branche.

Seit dem Ruhestand 2008 befasst er sich mit dem literarischen Schreiben. Er hat eine verheiratete Tochter, einen Enkelsohn (11 Jahre) und lebt in der Nähe von Stuttgart.

Notizen: